政略結婚の夫に「愛さなくて結構です」と宣言したら溺愛が始まりました

杓子ねこ

B's-LOG BUNKO
ビーズログ文庫

contents

マルグリット・
クラヴェル
クラヴェル伯爵家の長女。
母が亡くなって以来、
美貌の妹と比べられ
実の家族に虐げられている。
妹の身代わりとして、
長年の天敵である
ド・ブロイ公爵家に
嫁ぐことに。
ルシアン・
ド・ブロイ
ド・ブロイ公爵家の次期当主。
美しい外見だが
人を寄せ付けない雰囲気を持つ。
敵対するクラヴェル家との
政略結婚に反発し、
マルグリットに関心を
示さなかったが
……？
政略結婚の夫に
「愛さなくて結構です」
と宣言したら
溺愛が始まりました

Character

アンナ

ド・ブロイ公爵家の侍女。
マルグリットを
イビろうとするが、
なかなかうまくいかない。
密かにルシアンに
好意を寄せている。

ユミラ・ド・ブロイ

ド・ブロイ公爵夫人。
ルシアンの母。
クラヴェル家から嫁いできた
マルグリットのことが
気に入らず、
離縁を申し出るよう
イビる。

イサベラ・クラヴェル

母ゆずりの美貌を持つ、
マルグリットの妹。
父・モーリスに
甘やかされたため、
わがままな性格。
派手好きで浪費家。

エミレンヌ・フィリエ
リネーシュ王国の王妃。王家きってのやり手と噂される。
クラヴェル家とド・ブロイ家に縁談を命じた張本人。

ノエル・フィリエ
リネーシュ王国の第三王子。
表情が読めない、なかなかの曲者。

イラスト／NiKrome

プロローグ✦嫁ぐのはお姉さま

「わがクラヴェル家とド・ブロイ公爵《こうしゃく》家の縁談《えんだん》が決まった」

「嫌《いや》よ‼　あたし‼　あんな人たちの家に嫁《とつ》ぐなんて‼」

クラヴェル伯爵《はくしゃく》の沈《しず》んだ声と、悲鳴のようなイサベラの声は、ほとんど同時だった。

「嫁ぐのはお姉様‼　お姉様にして‼　あたしは絶対に嫌だから‼」

キンキンと耳に響《ひび》く喚《わめ》き声をあげながらイサベラは首を振《ふ》る。ゆるくウェーブがかった金髪《きんぱつ》は乱れ、目には涙《なみだ》が浮《う》かんでいる。

「どんな扱《あつか》いを受けるかわからないわ……お父様、お父様……嫌よ、あたし……」

イサベラはモーリスの首に腕《うで》をまわして縋《すが》りつき、その頬《ほお》を涙で濡《ぬ》らす。

いかにも哀《あわ》れっぽいイサベラの仕草に、モーリス・クラヴェル伯爵はマルグリットを見た。迷いや不安を押し隠そうとする視線は、温度を失ったように冷たい。

「そういうことだ、マルグリット」

「……はい」

妹のようにゆたかな金髪も泣き落としのできる演技力も持ちあわせていないマルグリッ

トは、くすんだ亜麻色《あま》の髪《かみ》を揺《ゆ》らし、ただ静かに頷《うなず》いた。

「ルシアン・ド・ブロイに嫁ぐのは、お前だ」


ド・ブロイ公爵家とクラヴェル伯爵家とは、領地を接し、長年の天敵であった。もとはといえば公爵家も伯爵家も、武勲《ぶくん》で功績を立てた家柄《いえがら》である。両家は南の国境沿いにそれぞれ広大な領地を持ち、隣国《りんごく》の侵略《しんりゃく》からリネーシュ王国を護《まも》ってきた。それだけに互《たが》いをライバル視する意識も強く、小競《こぜ》りあいが絶えない。

「だいたい二代前まではド・ブロイのやつらも伯爵位だった。それをうまいこと王族に取り入って、第四王子を婿《むこ》に迎《むか》え、持参金がわりに追加の領地と爵位《しゃくい》を得たのだ」

酔《よ》ったモーリスがこぼすのはいつもその話だった。

「今の公爵夫人《こうしゃくふじん》も国王陛下の妹君さ。ド・ブロイの連中め、王家のほうばかり向きおって。実際に戦《いくさ》にでもなればどちらが役に立つかよほど知れように」

血気盛《さか》んに憎《にく》みあう二つの家は、互いに領ざかいの村や都市を襲《おそ》っては、侵略を受けたと王家に訴《うった》える。隣国の動きを警戒《けいかい》せよと命じても協力する姿勢すら見せない。

そういった状況《じょうきょう》に王家もついに我慢《がまん》の限界を迎えたらしい。

ある日、両家の屋敷《やしき》に王家からの使者が訪ねたかと思いきや、

「ド・ブロイ公爵家とクラヴェル伯爵家の結びつきを強め、親交を深めるべく、ひと月以

内に両家の縁談を調《ととの》えること」

という命令を宣《のたま》ったのであった。

命じたのは王家きってのやり手と噂《うわさ》のエミレンヌ・フィリエ王妃《おうひ》で、今やその権勢は国王をしのぐと言われる。逆らえば処罰《しょばつ》は免《まぬが》れない。

クラヴェル家には娘《むすめ》がふたりいるだけだ。

見た目の派手さはないが優秀《ゆうしゅう》で、父親の補佐として領地の経営も問題なくこなす姉・マルグリットと、豪華《ごうか》なドレスや宝石を身にまとい、亡《な》き母親譲《ゆず》りの美貌《びぼう》で社交界に浮き名を流しているが、国内の地理もおぼつかない妹・イサベラ。

どちらかが家を継《つ》ぎ、どちらかをド・ブロイ家に嫁がせなければならない。

こうして、クラヴェル伯爵家当主モーリスは、苦渋《くじゅう》の決断を強《し》いられた——と、いうわけではなかった。もとより、イサベラがこの結婚《けっこん》を承知するはずがないのだから。

「そうだな。イサベラをド・ブロイ家にやるなんて、考えただけでもぞっとする」

美しい妹を抱《だ》きよせ、モーリスは首を振った。

「イサベラ、お前はまだわしの——お父様の腕の中におればよい。いずれ婿をとり、この家を継がせよう」

「ええ、そうしてくださいな、お父様」

「そうと決まれば、さっさと準備をしろ、マルグリット」

睨《にら》みつけるようにマルグリットを見据《みす》え、モーリスがかけた言葉はそれだけだった。

「はい、承知しました」

頭をさげるマルグリットにイサベラは嘲《あざけ》る笑《え》みを浮かべ、モーリスは眉《まゆ》をひそめた。

「ほら、お姉様は嫌がっておられませんわ。あのひとには感情というものがないのかしら」

「まったくだ。敵の家に嫁ぐというのに……イサベラのように泣いて縋ればまだ可愛《かわい》げもあるものを」

(泣いて嫌がれば、口答えをするなと罵《ののし》るでしょうに)

内心の呟《つぶや》きを表には出さず、マルグリットは部屋を出た。背後ではまだ父と妹がマルグリットをくさしているが、気にしてはいない。

母が亡くなってからというもの、父は母の美貌を受け継いだイサベラの言いなりだ。対して外見は母にあまり似るところのない――それでいて娘のくせに自分よりも優秀であることがうかがえるマルグリットを、疎《うと》むようになった。かんしゃくを起こすと手のつけられないイサベラのため、すべての我慢をマルグリットに強いる。

その態度は使用人全員に伝わり、イサベラの命令でマルグリットは物置のような部屋に寝《ね》かされ、食事を与《あた》えられないこともしばしばあった。

今だって、マルグリットが着ているのはサイズのあわない薄手《うすで》のドレスだけだ。

幸いだったのは、母が生きているあいだに、マルグリットにきちんとした教育を受けさせてくれたこと。

(この家を出られるのはチャンスかもしれない)

降ってわいた天敵との縁談話がなければ、おそらくモーリスはマルグリットに嫁ぎ先など用意しなかったであろうから。


部屋に戻《もど》り、マルグリットはあらためて室内を見まわしてみた。

北の、最も環境《かんきょう》の悪い一室が彼女の部屋だ。夏は暑く冬は寒く、雨が降れば壁《かべ》に染《し》みができ、隙間風《すきまかぜ》は四重奏を奏《かな》で、メイドは清掃《せいそう》を放棄《ほうき》している。

クローゼットという名目の木箱を開き、公爵家へ運ぶものを検討する。マルグリットに許されているのは、いま身につけているもののほかに、数着の野暮《やぼ》ったいドレスとヒールの擦《す》り減《へ》った靴《くつ》、数冊の本と、趣味《しゅみ》の刺繍《ししゅう》用品。価値のあるものはすべて、イサベラに取りあげられた。

と、バタバタと淑女《しゅくじょ》らしからぬ足音がして、ドアが大きく音を立てて開いた。泣き濡れた表情を消し去ったイサベラが嬉々《きき》として部屋に入ってくる。

用事があるときにはノックをとか、了承《りょうしょう》を得てから入りなさいとか、そういったことを忠告してやるだけの気力はもうマルグリットにはない。

「ああ、お可哀想《かわいそう》なお姉様！　ド・ブロイ家に嫁ぐことになるなんて。あたし、晩餐《ばんさん》会であの家の人たちを見たことがあるのよ。ルシアン様はね、綺麗《きれい》な見た目をなさっていたけれど、ずっと怒《おこ》ったような顔で、一度も笑わなかったわ。公爵家だからって周囲を蔑《さげす》んでいらっしゃるんでしょ。お姉様なんてボロくずのように扱われるわ」

そんな扱いは慣れている、と言いたいところだが、言えばイサベラが激昂《げきこう》することは目に見えていて、マルグリットは表情のない顔で俯《うつむ》くだけ。

「あんまり可哀想だから、あたしのお気に入りのブローチをあげるわ」

顎《あご》をそらし、イサベラはエメラルドのブローチをさしだした。言葉どおり姉を思いやって、ではない。似合うドレスもないのに高級なアクセサリーを贈《おく》られても扱いに困るだけ。そんな姉の姿が見たいのだ。

なにも言わず、受けとろうともしないマルグリットに、イサベラは眉を寄せた。すぐに唇《くちびる》は歪《ゆが》み、怒《いか》りに顔が赤くなる。

「ねえ！　感謝したらどうなの！　いつもそうやって……あたしをバカにして！」

ひゅっと風を切る音の直後、硬《かた》いものが壁にぶつかった。同時にひりついた痛みが走り、マルグリットは頬に触《ふ》れた。指先にはうっすらと血がつく。イサベラの投げつけたブローチがマルグリットの頬に傷を作ったのだ。

「なんてことを。ド・ブロイ家の方々と顔合わせがあるでしょうに……」

「べつにいいわよ。その顔で会ったほうがあたしたちの気持ちがわかるというものよ」

「王家の命令に不服を表すことになるのよ」

動揺《どうよう》するマルグリットを見て溜飲《りゅういん》がさがったのか、イサベラはにんまりと笑うと部屋をあとにした。マルグリットを苦しめることができた以上、こんな惨《みじ》めな場所には一秒たりともいたくないのだ。

やってきたときと同様、バタバタと足音をさせながら気配が遠ざかる。開けっぱなしのドアを閉め、マルグリットは気持ちを切《き》り替《か》えようと深呼吸をした。

「……うん、やっぱりこれは、いいことのように思えてきたわ」

どうにかしてマルグリットを貶《おとし》めたいイサベラと、常にイサベラの肩《かた》を持つ父。実の家族からそんな扱いを受けているよりは、敵の家へ嫁いだほうがまだ境遇《きょうぐう》への諦《あきら》めがつくというものだ。

(悲しいことばかり考えていてもなにも始まらないもの)

奇妙《きみょう》な形のキノコをくわえて横切っていくネズミにさよならの挨拶《あいさつ》をし、テーブルに向かったマルグリットは蒼《あお》い表紙の本を開く。

色彩《しきさい》の施《ほどこ》されたページには、波しぶきをくぐる海獣《かいじゅう》たちが描《えが》かれていた。

「ド・ブロイ領には、海がある」

ド・ブロイ領は、国の南端《なんたん》でもあり大陸の南端でもある。リネーシュ王国で海に接する領地を持つのは、王家とド・ブロイ公爵家だけ。

海――それは幼いころからのマルグリットの憧《あこが》れだった。尽《つ》きることのない大海原《おおうなばら》には、塩気のある水が満ちているという。人々は船を出し、未知の航路を開拓《かいたく》して、希少な宝石や香辛料《こうしんりょう》を手に入れる。海の底に棲《す》む生きものは、普段《ふだん》目にする魚ともまったく違《ちが》った姿かたちをしているそうだ。

『海からは嵐《あらし》がやってくるの。嵐の中心には人魚が棲むと言われているわ。彼女らは美しい声で歌い、船乗りたちを嵐の中へ誘《さそ》い込む……』

『怖《こわ》い、お母様！』

『こわあい！』

『大丈夫《だいじょうぶ》、いい子にしていれば人魚たちはあなたを歓迎《かんげい》し、海の底の宮殿《きゅうでん》へ招待するでしょう。そして宴《うたげ》の最後には、素敵《すてき》な贈りものをくれるのよ』

イサベラもともに母の寝物語《ねものがたり》を聞いて、目を輝《かがや》かせていたはずだった。けれども今の彼女には、海はなんの感慨《かんがい》も呼び覚まさないものであるらしい。

(ド・ブロイ家に嫁げば、海が見られるかもしれない)

父や妹が聞けばバカバカしいと笑ったであろう希望を胸に、マルグリットはド・ブロイ家に嫁ぐことになった。

第一章✦これは政略結婚です

王家の要望どおり、ルシアン・ド・ブロイとマルグリット・クラヴェルの結婚式《けっこんしき》は翌月に行われた。

驚《おどろ》いたことに、ド・ブロイ家との顔合わせはなかった。そのおかげで顔の傷痕《きずあと》は見られる前に治ったのだが、挨拶《あいさつ》すらなく式の当日を迎《むか》えるという状況《じょうきょう》は両家のあいだに横たわる溝《みぞ》が深いものであることをあらためて感じさせた。

ひと月のあいだにマルグリットは、モーリスの補佐として管理していた一部の領地の経営状況を文書にまとめた。各村や町ごとの気候、特産物、主要な取引先などをリストアップし、進行中の政策や課題を書きとめたのだ。

(あとはそれをお父様やイサベラが見てくだされればいいのだけれど……)

ド・ブロイ家に嫁《とつ》ぐことが決まってからというもの、モーリスとイサベラの態度は冷たさを増した。敵になる者に教えることはなにもないと、マルグリットと領地のやりとりを禁止してしまった。

(最後の手紙で冬の備蓄《びちく》を指示していたのは幸いだったわね)

それ以降マルグリットは結婚して経営から退くことすら役人たちに伝えられず、苦肉の策として引《ひ》き継ぎのための文書を作成したのだった。

婚礼《こんれい》の日となってもモーリスとイサベラは頑《かたく》なな態度を貫《つらぬ》き、親類になるド・ブロイ家を嫌《きら》い、蔑《さげす》み続けていたが、それはド・ブロイ家も同じであったようだ。

ルシアンとマルグリットの婚礼は、稀《まれ》に見る簡素なものだった。

本来貴族同士の結婚といえば、披露《ひろう》の場も兼《か》ねて両家の親類や周辺領の貴族などを呼びたてるものだが、そのあたりはすっぱりとカットされた。豪華《ごうか》な食事も絢爛《けんらん》な飾《かざ》りつけもカットされた。

王家の代表者と内務長官、司祭の前で、ド・ブロイ公爵《こうしゃく》家とクラヴェル伯爵《はくしゃく》家の者たちが集まり、新郎《しんろう》新婦が結婚の宣誓《せんせい》を立てるのみ。その宣誓も、ただふたりが夫婦《ふうふ》になったことを表明するだけで、永遠の愛や伴侶《はんりょ》の尊重といった文言は省かれた。もちろん誓《ちか》いのキスもない。とにかく婚礼という儀式《ぎしき》をすませるだけ。

ルシアンはイサベラの言ったとおりの人物だった。整った顔立ちに、深海を思わせる蒼《あお》みがかった黒髪《くろかみ》と、同じ色の瞳《ひとみ》。切れ長の目と通った鼻すじは冷酷《れいこく》さを印象づけ、本人もそれを和《やわ》らげるつもりはないらしい。表情からも仕草からも感情は読みとれない。

ただし、王家の代表者はすこぶる充実《じゅうじつ》感にあふれた顔をしていた。

王妃《おうひ》エミレンヌ・フィリエその人である。付《つ》き添《そ》いとして第三王子ノエル・フィリエ以下、複数の王族関係者も参加しているため、格式だけでいえば非常に高いものになる。

（この方が、かのエミレンヌ王妃……）

シンプルなドレスを凛《りん》としてまとうエミレンヌを見つめ、マルグリットは息を呑《の》んだ。はっきりとした目鼻立ちとつんとした顎《あご》は彼女の強さを示しているように見える。

新郎新婦よりも高い位置に座るエミレンヌは列席者たちを睥睨《へいげい》すると、にっこりと笑《え》みを浮《う》かべた。

「このたびは、ド・ブロイ公爵家とクラヴェル伯爵家の結びつき、非常に嬉《うれ》しく思う。若いふたりにはぜひ仲睦《むつ》まじく暮らしてもらい、これまでのすれ違《ちが》いを拭《ぬぐ》い去《さ》ってほしいものだ。ルシアン！　マルグリット！」

はきはきとした声で名を呼ぶやいなや、慌《あわ》てる内務長官を残し、エミレンヌは椅子《いす》からおりてしまう。

直立の姿勢で話を聞いていたルシアンとマルグリットも急いで礼をした。そのふたりの肩《かた》を抱《だ》いて顔をあげさせ、エミレンヌはやさしくほほえむ。

「仲睦まじくね、な・か・む・つ・ま・じ・く」

「承知いたしました」

畏《おそ》れおおさに慄《おのの》きつつ、マルグリットはルシアンとともにふたたび頭をさげた。

「さあ！　若いふたりの門出《かどで》を祝おうではないか！」

グラスを掲《かか》げるエミレンヌの乾杯《かんぱい》に、拍手《はくしゅ》がわき起こる――。

だが、拍手がまばらになり、王族が退出すると、結婚式はあっさりと終わった。

ド・ブロイ家とクラヴェル家の面々は、親戚《しんせき》となったというのに挨拶も交《か》わさずに帰っていく。マルグリットにも理由はわかっていた。

エミレンヌは仲睦まじく、と強調したが、この式はそうとは受けとれない。内輪のみであり、儀式も省かれている。

仲睦まじくしなければならない――ただしそれは、人前では、の話。人の目のないところでは、それほどすぐには変わらなくてもよい、という猶予《ゆうよ》に思える。

ちらりと隣《となり》のルシアンを見るも、新妻の視線に応えることもなく、彼もまた、さっさと広間をあとにしてしまう。

しばらく悩《なや》んだあと、マルグリットはルシアンの去ったほうへと歩んだ。

少ない列席者の中でも、帰る家が変わるのは、マルグリットだけだ。


王都にある公爵邸《こうしゃくてい》は、さすがに実家よりも大きく、建築様式も華《はな》やかだった。

とくにマルグリットの心をつかんだのは、室内彫刻《ちょうこく》や調度品に使われている蒼い宝石。

日射《ひざ》しを受けて壁《かべ》に淡《あわ》い模様を反射させるそれらは、まるで海を誇《ほこ》るようで。

（なんて美しいの……！）

夢中になっていたマルグリットは、先導するメイドがむっつりと黙《だま》り込み無礼な態度をとっていることにも、自分が寝室《しんしつ》や客間のある母屋《おもや》から離《はな》れ、北の離れへと向かっていることにも気づかない。

薄暗《うすぐら》い階段をのぼり、ようやく不思議に思ったところで、辿《たど》りついた光景にマルグリットはふたたび目を奪《うば》われた。

（図書室だわ！　おまけに、標本もそろっているじゃない）

扉《とびら》の小窓から覗《のぞ》くと、吹《ふ》き抜《ぬ》けになった円柱状の壁面《へきめん》はびっしりと本で埋《う》まっている。階層ごとに通路がめぐらされ、中心には美術品や標本もあった。

「こちらがマルグリット様の寝室になります」

無愛想《ぶあいそう》にふりむいた使用人が指さしたのは、図書室に据《す》えつけられた小部屋だ。以前は管理人が住み込んでいたのだろう。今は誰《だれ》もおらず、粗末《そまつ》なベッドがあるだけだった。

とても次期当主の妻に与《あた》える寝室ではない。

マルグリットが怒《おこ》りだし、離縁《りえん》を口にするのをメイドは待った。

だが、マルグリットはなにも言わない。実家のクラヴェル家ではもっとひどい場所に住まわされていたのだから当然である。

「ええ、ありがとう」

嫌《いや》な顔ひとつせず、むしろよろこびの色すら滲《にじ》ませつつ頷《うなず》いたマルグリットに、メイドはぽかんとした顔つきになった。

微妙《びみょう》な表情のメイドが去ったあと、マルグリットは手持ちの荷物を広げてみた。つつましすぎる所持品は使用人のものだったとみえる小部屋にも難なく収まった。

輿入《こしい》れ道具のないマルグリットを、ド・ブロイ家の人々は訝《いぶか》しまなかった。ド・ブロイ家への不恭順《ふきょうじゅん》を示すためにわざとみすぼらしい身なりで娘《むすめ》をさしだしてきたのだと彼らは受けとった。もちろんド・ブロイ家の側も支度《したく》金など払《はら》っていないからお互《たが》い様である。

(問題は、夕食の場に出るためのドレスすらないことなのだけれど……さすがに非礼がすぎるわ)

エメラルドのブローチはクラヴェル邸《てい》に残してきた。この状況ではあっても意味のないものだったと実感する。

どうしたら、と考えていたマルグリットの憂慮《ゆうりょ》は、すぐに払拭《ふっしょく》されることとなった。

夕食だと呼ばれてマルグリットが通されたのは、キッチンの一角。夫であるルシアンも、義理の両親となった公爵夫妻もいない。

目の前ではコックたちが金模様の皿に繊細《せんさい》な盛りつけを施《ほどこ》しているけれども、マルグリットの前に置かれたのはパンとパテとサラダとスープだ。

「どうぞ」

運んできたメイドはそう言うだけで立ち去っていく。先ほど案内をしたメイドと同じ人物だ。若奥様であるマルグリットに飲み物を尋《たず》ねることもない。

ぽつんと取り残されたマルグリットを無視して、コックやメイドたちは忙《いそが》しそうに働き続ける。

彼らもやはり待っていた。〝使用人扱《あつか》い〟をされたマルグリットが怒りだすのを。椅子から立ちあがり、食卓《しょくたく》を離れ、「もうたくさん。離縁だわ！」と叫《さけ》ぶのを。

王命に逆らうことになるため、ド・ブロイ家から離縁したいとは言えない。だからこうして遠まわしな嫌がらせを、立場の弱いマルグリットに仕掛《しか》けることになる。

だが、マルグリットは離縁を口にしたりしなかった。

妙《みょう》に静かなマルグリットの意図を使用人たちが知ったのは、仕事が終わり、自分たちの食事の時間がまわってきたときのこと。

キッチンの一隅《いちぐう》にあるテーブルにはまだマルグリットが座っていた。手つかずの食事を目の前に置いて。

食べないことで抵抗《ていこう》を示す気かと皆《みな》が納得《なっとく》しかけたそのとき、

「ああ、やっと仕事が終わったのね。お疲れ様《つかさま》」

マルグリットは明るい笑顔を見せた。

「それではみんなで食べましょう。わたしのスープは冷めてしまったけれど問題ないわ。十分においしそうだもの」

言って、使用人たちにテーブルにつくようにうながす。

「……はい？」

きつい視線を向けてきたのは先ほどのメイドだった。まだ若いメイドで、古株とは思えないのだが、どうやらキッチンを執《と》り仕切っているらしい。

「おっしゃる意味がわからないのですが、若奥様？」

「待っていたのよ。食事はみんなでしたほうがおいしいじゃない。せっかくここに席を用意してもらったのだから、いっしょに食べたいの。名前も覚えたいし」

ぴき、とメイドのこめかみに青筋が立った。

「なにを考えていらっしゃるのです‼　あなたはルシアン・ド・ブロイ夫人なのですよ。こんな扱いをされてへらへら笑っているなんて、プライドというものがないのですか‼」

バンッと盆《ぼん》でテーブルを叩《たた》き、メイドが叫ぶ。

（……ホームシックにはならなくてすみそうね）

実家での父モーリスや妹イサベラを思い出し、マルグリットは心の中で呟《つぶや》いた。

この程度の怒《いか》りであれば受け流せる。いくら威勢《いせい》のよいことを言おうが、頬《ほお》に傷をつけたイサベラとは違い、使用人たちはマルグリットに直接手をあげることはできない。

「あら、それならルシアン・ド・ブロイ夫人の扱いをしてくださいな」

「……！」

にこりと笑うとメイドはぐっと言葉を詰《つ》まらせた。

実家ではただの姉であったマルグリットは、この家では彼女の言うとおり正真正銘《しょうしんしょうめい》のルシアン・ド・ブロイ夫人なのである。

「それができないのなら仲間にしてちょうだい」

メイドはわなわなと震《ふる》えているが、返す言葉は見つからないらしい。まわりの使用人たちは心配そうにふたりのやりとりを見守っている。

「公爵家から出された指示はわたしを使用人のように扱うことなのではなくて？」

「……」

無言は肯定《こうてい》であると、マルグリットは受けとった。

「なら、命令に従ったほうがよいのではないかしら。わたしのお願いとも食い違わないことだし」

一週間がたった。

あいかわらず夫とは顔をあわせていないし、食事はキッチンの片隅《かたすみ》だし、使用人たちは口もきいてくれないが、マルグリットは気にしていなかった。

図書室のある塔《とう》は、ほかの塔よりも頑丈《がんじょう》に造られているらしかった。防音・保温効果に優《すぐ》れ、窓こそ少ないものの、明かりも入る。誰も来ないから通りがかりに部屋にゴミを放り込まれたりしない。隙間風《すきまかぜ》も吹かないし、雨が降っても染《し》みてこない。

（そう思えば、なんと過酷《かこく》な環境《かんきょう》で生きていたのかしら）

あまりにもそれが当たり前になってしまっていた。

口答えをすれば報復があるから、耐《た》えるしかないと考えていた。もしかしたらそういった態度が、余計に父や妹を増長させてしまったのかもしれない。

（ここへ来てからわたし、明るくなった気がするわ）

図書室にはマルグリットの感性を刺激《しげき》する図鑑《ずかん》や標本、絵入りの歴史書などがたくさんある。それらを眺《なが》め、好きなだけ刺繍《ししゅう》ができる。布や糸はメイドにお願いしたら用意してくれたので、嫌がらせをしているはずなのに詰めが甘い。外に出るのも自由だから身体《からだ》を動かしたくなったら庭に出ればよい。ちなみにマルグリットが部屋を空ける昼食時に、毎日部屋の掃除《そうじ》も隅々《すみずみ》までされている。

ちりひとつない書き物机でせっせと刺繍に励《はげ》んでいると、食事を知らせる鐘《かね》が鳴った。

大きくのびをし、いつものドレスを身につける。侍女《じじょ》はいないから自分でだが、誰に会うわけでもないので気は楽だ。

キッチンへ出向くと食事の支度がされていた。ほかの使用人たちも席につき始めたところである。根負けしたメイドは、マルグリットの要求を聞き入れ、皆でそろって食事をしている。もとから使用人のような服装のマルグリットに、彼らはすぐに慣れた。

かしずかれたいなどとは最初から思っていない。がやがやと活気のあるテーブルで、粗《そ》野《や》なところもある使用人たちの会話を聞くのは、マルグリットには楽しかった。

（やっぱり嫁いでよかった）

あたたかなスープを口にしながら、マルグリットは心からの笑顔になった。

図書室の扉を開け、室内に人影《ひとかげ》を見出《みいだ》したルシアンは、一瞬瞠目《いっしゅんどうもく》した。だがすぐに思い出した。彼の妻マルグリットの寝室が図書室のわき、かつて管理役の使用人が住み込んでいた部屋に割り当てられたことを。

マルグリットがルシアンの入室に気づく様子はない。それもそのはず、彼女はテーブルにつっぷして安らかな寝息《ねいき》を立てている。

テーブルに広げられているのは海洋学の博物誌だ。

無言でマルグリットのそばを通りすぎ、ルシアンは目当ての本のある棚《たな》に近よった。祖父の書いた、貴族たちの儀式を解説した手記である。伯爵から公爵となって日の浅いド・ブロイ家には、なくてはならぬものだ。

しばらくして、調べものを終えたルシアンはマルグリットをふりかえった。

嫁いで一週間がたつというのに、まだ言葉すら交わしていない妻。

(……あどけない寝顔《ねがお》だ)

婚礼の場で初めて顔をあわせたとき、マルグリットは表情の抜け落ちたような顔をしていて、それほどド・ブロイ家に嫁ぐのが嫌なのかとルシアンも怒りを滾《たぎ》らせた。貧相《ひんそう》なドレスで公爵邸へやってきたマルグリットを見、怒りはさらに強くなった。

「あの厚かましい娘が出ていきたくなるように、自分の立場をわからせてやるのよ」

使用人たちに命じる母ユミラの言葉を聞いても、止めようとは思わなかったものだ。

だが今のマルグリットは、冷酷な仕打ちを受けているというのに悲愴《ひそう》感はどこにもない。むしろ以前よりも生き生きとしているかもしれないと、使用人たちも首をかしげていた。

マルグリットの口元にはうっすらとほほえみが咲《さ》いている。夢でも見ているのか、その笑みはときどき深くなり、満足げな笑顔になることもあった。

美しい、と称賛《しょうさん》するほどではない。容姿だけでいうなら式で見かけた彼女の妹のほうがずっと可憐《かれん》な外見をしていた。

なのに、不思議と視線が惹《ひ》きよせられるのは、彼女に貴族特有の毒気がないからだろう。

（いったいなにを考えているのだ……）

呆然《ぼうぜん》ともいえる面持《おもも》ちでマルグリットを眺めていたルシアンの手から、手記が落ちた。

ばさりという音に目を覚ます。

ふと顔をあげると、テーブルの向こうにルシアンが立っていた。

「ルシアン様⁉」

慌てて立ちあがる。どうやら本を読みながら眠《ねむ》り込んでしまったらしい。ルシアンの訪《おとず》れにも気づかなかった。

「も、申し訳ありません。どこでも寝《ね》られる体質なもので」

妙な謝罪を口走りつつ、ばつの悪さに頭をさげる。

ルシアンの反応はない。怒っているというよりも、驚いているようだった。

足元には本が落ちている。しっかりとした装丁《そうてい》だが豪華なものではない。マルグリットはそれを拾いあげてルシアンにさしだした。

「どうぞ」

やはりルシアンの反応は鈍《にぶ》い。マルグリットをまじまじと見つめたあと、本に視線をおろし、受けとろうともしない。

ルシアンの背後には本が抜かれたあとがある。そこへ戻《もど》しておけということだろうか。

「あの、中を確認《かくにん》してもよろしいですか？」

尋ねるとルシアンの目つきが鋭《するど》くなった。

「なぜだ」

「破損などないかを確認したほうがよいかと思いまして……どなたかの手記なのでは？」

だとしたら大切なものだが、勝手に中を見るのはためらわれる。

「……どうしてわかる？」

「その棚の本はド・ブロイ家の皆様《みなさま》の書かれたものでしょう」

重厚《じゅうこう》な拵《こしら》えの黒檀《こくたん》の本棚《ほんだな》は、それだけ明らかにほかと区別され、異彩《いさい》を放っていた。にもかかわらず収められた本は機能性重視の簡素な装丁のものが多く、表紙には署名と日付や連番のみの情報しかない。目を楽しませるものではなく、むしろ家族以外の目に触《ふ》れることを目的としない、秘された情報だろう。

マルグリットがモーリスに渡《わた》した文書と同じ。領地経営に関してや、財政についての情報があるかもしれない。

「ですから、許可なくわたしが中を見るわけには……」

その推測は当たっていたらしい。ルシアンの視線がいよいよ鋭くなる。

荒々《あらあら》しくマルグリットの手から本を受けとると、ルシアンは自ら傷《いた》みのないことを確認し、棚に戻した。

(余計なことを言って、怒らせてしまったかしら)

──お姉様の陰気《いんき》な顔を見ているとイライラしてくるのよ。

俯《うつむ》いたマルグリットの脳裏《のうり》に、イサベラのきつい眼差《まなざ》しがよみがえる。

(おまけにわたしを追い出したいのにうまくいっていないし……)

怒るのは当然だ、と申し訳なくなる。

「ド・ブロイ家の皆様のために、少しでもお役に立てることがあればいいのですが──」

「しおらしい態度をとって、媚《こ》びを売るつもりか？　俺に取り入れるなどと思うな」

言葉を遮《さえぎ》ったのは、ルシアンの低い声。

仄暗《ほのぐら》い海の底のような色をした瞳が冷ややかな視線をマルグリットに投げかけた。

「はじめに言っておく。お前を愛するつもりはない」

告げられたのは、明らかな拒絶《きょぜつ》。

図書室は重たい沈黙《ちんもく》に包まれた──わけではなかった。

顔をあげたマルグリットが、ぱあっと表情を輝《かがや》かせ、ルシアンの手をとったからだ。

先ほど夢を見ていたときと同じ、花のほころぶような笑顔が、まっすぐにルシアンを見つめ返す。細くしなやかな手の感触《かんしょく》に、どきりと走った動揺《どうよう》を隠《かく》すよりも早く、

「わたしもあなたを愛する気はありませんので、どうぞご心配なく！」

満面の笑みのまま、マルグリットはそう言った。

「……!?」

一瞬遅《おく》れてから目を見開き、絶句するルシアン。

首をかしげるマルグリット。

「あら、なにか変なことを言ったでしょうか？」

マルグリットからしてみれば、ルシアンの一言は、重要な疑問を解消してくれた。

（そうなのね。ルシアン様は、そのことを不安に思われていたのだわ――わたしがド・ブロイ家に取り入ろうと、ルシアン様にまとわりつくことを）

その不安ならば、すぐに払拭してさしあげることができる、というよろこびの表れがあの笑顔であり、愛するつもりはないと言われたから、自分もそれに同意したことを伝えただけ。

「この結婚は、王家からの命によるもの。ルシアン様とわたしは愛しあう必要はございま

せん。これまでの両家の関係を考えれば好意を持てというほうが難しいでしょう」

マルグリットの言うことは正しい。

正しいゆえに、躊躇《ちゅうちょ》なく語られてしまえば、ルシアンのほうも反論ができない。

実際、ド・ブロイ家の者たちがマルグリットに好意を持つことができないゆえに、マルグリットはこのような格好でこのような場所にいるのだ。

「愛のない結婚なのですから、愛していただかなくて結構です。もちろん式典などの場では王妃様のおっしゃったとおり、仲睦まじくすごすようにいたします。マナーなども、ひと通りは修めておりますのでそちらについてもご心配なく」

マルグリットはにっこりと笑った。

「現在の暮らしを保証していただければ、ド・ブロイ家の体面を傷つけるようなことはいたしません」

弾《はず》む声にも表情にも嘘《うそ》はなかった。ルシアンから見て、マルグリットの態度が強がりだとは思えない。もちろん強がりではなかった。むしろマルグリットは浮かれていた。これまでの慎重《しんちょう》な彼女なら、もう少しルシアンの表情をうかがうことをしただろう。

「……ルシアン様?」

ようやくマルグリットは、ルシアンの反応がないことに気づく。

思いがけぬ言葉の連続に唖然《あぜん》としていたルシアンは、マルグリットから覗き込まれ、はっと顔をそむけた。

「──戻る」

「はい。お話しくださってありがとうございました」

素っ気なくそれだけ告げるルシアンにもマルグリットは恭《うやうや》しく礼をする。型遅れの古いドレスをまとってはいるが、それは彼女が言ったとおり、礼儀《れいぎ》を修めた者の礼であった。

「……礼を言うとは、皮肉か」

「いいえ。価値観のすりあわせというのは、夫婦にとって大切なことですもの」

たとえそれが仮面夫婦でも──否《いな》、仮面夫婦だからこそ、線引きは明確にしておく必要がある。ルシアンは察しろと押しつけることもなく、自身の希望を伝えてくれた。

それに、冷たい態度をとろうとしてはいるが、ルシアンは他人を無下にする人間ではないとマルグリットは思った。

（お父様やイサベラならこの長さの会話は不可能だわ）

マルグリットの対応にルシアンは困惑《こんわく》したようであったが、手が出ないし、罵倒《ばとう》を浴びせてもこないし、根はやさしい人物なのだろう。

身近にいた家族が人でなしであったせいで、マルグリットの守備範囲《はんい》は相当に広い。

扉の前で、ルシアンはマルグリットをふりむく。マルグリットはルシアンを見送るために立ち、ほほえんでいた。

「ごきげんよう、ルシアン様」

ルシアンからの返事はない。

扉は音もなく閉まり、マルグリットを隔《へだ》てた。

「——あっ、海へ連れていってくれるよう、お願いし忘れたわ！」

ひとりになった瞬間《しゅんかん》に最も大切な希望を思い出したマルグリットが声をあげる。

「まあ、いま言ってもだめでしょうから、仕方ないわね。ルシアン様とはうまくお付き合いしていけそうな気がするし、次期当主の妻として領地に顔を出す必要もあるはず」

何度か外に出て、マルグリットがきちんと妻としての役割を果たすとわかってもらえれば、ド・ブロイ領へも連れていってくれるだろう。

マルグリットにとって現状は、あいかわらず順風満帆《まんぱん》なのであった。


一方のルシアンは、図書室を出て足早に歩きつつ、自分の言動に苛立《いらだ》っていた。

（なにを言っているんだ、俺は）

突《つ》き放《はな》してやったつもりだった。家族のもとを離れ政敵のもとへ嫁いで、使用人たちからも見向きもされていない哀《あわ》れな娘へ、最も頼《たよ》るべき夫すら味方ではないのだと思い知らせてやろうと。

なのにマルグリットは、曇《くも》りのない笑顔で、自分もまたルシアンを愛するつもりはないのだと告げてきた。同じ台詞《せりふ》を、なんの含《ふく》みもなく返されて、ルシアンは自覚してしまった。酷《ひど》い言葉を投げつけた己《おのれ》の身勝手さを。

　マルグリットのほうがよほど冷静に事態を見ている。王妃の命令で離縁することができないのならば、互いに割りきって距離《きょり》を置くのが最良の選択《せんたく》なのだ。

　それでも心にわだかまりがあれば、つらい暮らしのはずなのに。

（どうしてあんなふうに笑える？）

　その答えは一つしかない。

　マルグリットはド・ブロイ家に敵対心を抱《いだ》いていない――ド・ブロイ家のほうは、彼女を追い出そうと躍起《やっき》になっているのに。

　使用人たちの無礼な態度は、ド・ブロイ家の誰かが指示したものである。マルグリットから離縁を言い出させるために。だが企《たくら》みは頓挫《とんざ》しつつある。マルグリットは耐えきれず離縁を申し出るどころか、日々楽しそうに暮らしている。

「今日という今日こそははっきりと言わせていただきます。ルシアン様にあなたはふさわしくない！」

夕食時にキッチンを訪れたマルグリットを迎えたのは、例のメイドの怒鳴《どな》り声だった。

彼女の名がアンナであるということを、マルグリットは別のメイドから聞き出していた。

なぜアンナがここまで居丈高《いたけだか》に出るのか最初はわからなかったが、今ではわかる。

アンナの背後にいるのはルシアンの母、ユミラ夫人。

「ユミラ奥様は一人息子《むすこ》のルシアン様をそれはかわいがっていらっしゃいますから……」

どうせ暇《ひま》だからとキッチンの片付けを手伝っていたときに、コックのナットがそうこぼしていた。

彼女に焚《た》きつけられ、アンナはマルグリットをいたぶる急先鋒《きゅうせんぽう》となっているのだろう。

（わかる。気持ちはわかるわよ、アンナ……！）

マルグリットは心の中で頷いた。

（ルシアン様に恋《こい》をしているのね！）

先日の図書室で、久々に間近で見たルシアンは、黒髪にダークグレーのジャケットという落ち着いた色彩《しきさい》の中にも堂々とした威厳《いげん》があった。

「聞いているのですか⁉」

バンッとテーブルを叩く音が響《ひび》く。その音にマルグリットは顔をあげた。

アンナの頬は紅潮し、眼差しはきつく、寄せられた眉根《まゆね》も牙《きば》をむくように開いた口も怒りを表している。がるるる……と唸《うな》り声が聞こえてきそうだ。

「聞いているわ。ルシアン様にわたしはふさわしくないという話でしょう。たしかに家格も上だし、やさしい方だったし、わたしよりも美しいお顔をされていたわ。だからあなたの言うこともわかるなあって考えていたのよ」

妻とは思えない他人事《ひとごと》のような評価だが、マルグリットの本心だ。

「やさしい方、だった……？」

訝しげな顔になるアンナの手をマルグリットはとった。

「……⁉」

アンナはマルグリットよりも一つか二つ年下、イサベラと同じくらいだ。

ただマルグリットを見下し、どんな扱いをしてもいいと信じ込んでいるイサベラと違って、ひそかに想《おも》う相手のために敵を追い出そうとするアンナの気持ちは、マルグリットにはまっすぐで眩《まぶ》しかった。

やり方は間違《まちが》っているのだろう。でも、強気な態度とは裏腹に、アンナの手は震えている。その恐怖《きょうふ》を抑《おさ》え込んでマルグリットに立ち向かっているのだ。

「なにを涙《なみだ》ぐんで⁉」

「ごめんなさいね、最近暮らしが楽しいものだから、すぐに感情が高ぶって……涙もろくなってしまったの」

うっすらと滲んだ涙をハンカチで押さえ、マルグリットは首を振《ふ》る。

「気持ちを押し隠し、主人がふさわしい相手と結ばれるのを見守っていこう。そう思っていたのに、やってきたのは冴《さ》えない敵家の娘」

「な⁉　なにを言っているのですか⁉」

「自分が隣に並びたいなどとは思っていない、ただあの人が幸せでいてくれれば……なのにあの人の表情は苦悩《くのう》に沈《しず》んでいくようで、自分の進退を賭《と》してでも敵を追い出さねばと健気《けなげ》な少女は決心した」

　あふれそうになる涙を拭いながら言えば、アンナの顔が真っ赤になった。

マルグリットを泣かせてやりたいとは思っていたが、そういう意味じゃない。

「わかる。わかるわよ。なんて純真な心なの」

「違います！　違いますうう‼　図書室にこもって変な本の読みすぎじゃないですか⁉」

「あら、そうかもしれないわ」

　離れのほとんどを占有《せんゆう》している図書室の蔵書は多い。一生かかっても読みきれないのではと思うほどだ。

　本の内容も幅広《はばひろ》く、博物誌もあれば歴史書や大辞典もあり、流行《はや》りの冒険《ぼうけん》小説や恋愛《れんあい》小説などもあった。一日のほとんどを暇にしているマルグリットは、刺繍の手を休めるときにそれらを読《よ》み耽《ふけ》っていた。

　ドキドキワクワクさせてくれる小説は、クラヴェル家で凍《こお》りついた心を溶《と》かしてくれた。

代わりに、アンナの言うとおり、ちょっと妄想癖《もうそうへき》が出てきたかもしれない。

「もっ、もう、いいです!!」

アンナは手を振り払うとキッチンを去ってしまう。

あとに残された使用人たちは、なんともいえない顔で食事を始めた。


翌朝、キッチンへ向かおうとしていたマルグリットのもとへ、アンナがやってきた。

「ド・ブロイ家の皆様がお待ちです」

「……えっ」

さすがのマルグリットも声をあげた。

今朝は食堂へおもむき、ド・ブロイ家の面々と食事をしろということらしい。あまりにマルグリットが平然としているので、使用人たちでは手に負えないと判断したのだろう。

(それはなんとも言い訳のしようがございません……)

自分の態度がド・ブロイ家の求める態度でないことはマルグリットにも理解できている。

(皆様から直々に叱責《しっせき》されてしまうのかしら……それでも離縁を申し出るわけにはいかないし、余計に怒らせてしまうわ……)

モーリスやイサベラに比べれば生ぬるい叱責だろうが、せめてしおらしい態度で受けとめよう、と明後日《あさって》の方向に配慮《はいりょ》を決意しながら、マルグリットは食堂へ向かった。

食堂にはルシアンと、ユミラ夫人が席についているだけだった。ド・ブロイ公爵であるアルヴァンは領地に戻っているそうだ。

ルシアンの表情は硬《かた》い。対して、ユミラの表情は厳しく、射貫《いぬ》くような目で食堂へ入ってきたマルグリットを睨《にら》みつけた。

「おはようございます、ユミラお義母《かあ》様、ルシアン様」

マルグリットは優雅《ゆうが》に礼をする。その所作は先日ルシアンにも認められたもの。だがマルグリットのドレスは飾り気のない流行遅れの一着で、アクセサリーもない。

すぐさま、ユミラの持つ扇《おうぎ》がバシッとテーブルを叩いた。

「遅れてきたうえになんなの、その格好は！　わたくしたちを侮辱《ぶじょく》しているのですか！」

「いえ、めっそうもございません！」

マルグリットは慌てて顔を伏《ふ》せる。

ドレスについてはド・ブロイ家、クラヴェル家の両家ともマルグリットのための花嫁道具《はなよめ》を用立ててくれなかったからなのだが、そんなことは問題ではない。

「ド・ブロイ家は歴史あるお家柄《いえがら》です。その起源はリネーシュ王国建国のきっかけとなった白百合《しらゆり》の合戦までさかのぼり、戦地へいち早く馳《は》せ参《さん》じ武功を挙げた初代ド・ブロイ家当主が爵位《しゃくい》と土地を賜《たまわ》ったのです。つまりあなたの格好は王家やわが家の先祖に至るまで泥《どろ》を塗《ぬ》る行為《こうい》！」

（お義母様、それでは歴史の講釈《こうしゃく》になっているだけで脅《おど》しになりません）

声は大きくてたしかに耳障《みみざわ》りだが、内容が精神を抉《えぐ》ってこない。

皿を投げつけるとかスープをぶっかけるという選択肢《せんたくし》はなさそうだ。ユミラも根はやさしい人なのだろうとマルグリットは思った。彼女の意に添うようにしてやりたい。

「可哀想《かわいそう》なルシアン、こんな女と結婚させられて」

ユミラは王家の出身で、国王の歳《とし》の離れた妹にあたる。成人した息子がいるとは思えぬほど若々しく美しい姿はルシアンの美貌《びぼう》の源泉でもある。家柄、容姿、どちらにおいても、伯爵家出身で地味な見た目のマルグリットとは比べものにならない。

（ご自分の次に公爵家へ嫁いできたのがわたしでは、腹が立つのは当然よね……）

しかもまともなドレスすら持っていないときた。マルグリットからしても、（それはそう）以外の感想はない。

「少しでも良心というものがあるのなら、こんな恥《は》ずべき姿でこの場所へ出てこられるわけがないわ」

マルグリットは黙り込んだまま、うなだれるように肩を小さくした。

ここで重要なのは、理不尽《りふじん》な叱責にマルグリットが傷ついているように装《よそお》うことだ。

それで少しでも鬱憤《うっぷん》を晴らしてくれたら——と思うのだが。

(しおらしい顔、しおらしい顔……つらそうな顔、悲しい顔………って、どんなのだっけ?)

伏せた顔をあげることができず、マルグリットは真顔になった。

クラヴェル家で虐《しいた》げられていたとき、つらそうな顔や悲しい顔を、最初はしていたのだと思う。しかし泣けば「被害者《ひがい》ぶるな」と余計に頬を張られ、つらそうな顔をすれば「あたしのせいだと言いたいの」とイサベラを激昂《げきこう》させ、マルグリットが抵抗する資格もない無価値な人間であることを切々と説かれたものだ。

だからマルグリットはいっさいの感情を表に出さなくなった。表情も忘れてしまった。

(笑顔を思い出せたのはすばらしいことだわ)

ド・ブロイ家に来てから、マルグリットは自然に笑えている。つらそうな顔や悲しい顔ができないのは、そういった感情ではないからだ。表情の作り方は忘れてしまったが、感情はまだ生きている。人と接しながら、笑い、楽しみ、感動の涙だって流せるのだ。

マルグリットの脳裏をド・ブロイ家での満ち足りた生活がよぎった。

自分はなんと幸せなのだろうと思わず口元がゆるむ。

胸いっぱいに膨《ふく》らんだ幸福感にうながされ、マルグリットは顔をあげる。

「……っ‼　あなた、わたくしをバカにしていて⁉」

「あっ」

ここがユミラ夫人の御前《おんまえ》であることを忘れて。


（失敗したわ……）

図書室わきの自室で、マルグリットは反省していた。

ユミラの鬱憤を晴らすどころか、ますますストレスをためさせてしまった。

イビりの目的はマルグリットが離縁を口にすることか、もういなくなってしまいたいと思うほどつらい気持ちになることだからだ。泣《な》き濡《ぬ》れて、食事も喉《のど》を通らず、弱々しくふるまうことが望みだったはず。

（泣きはしたんだけど……）

使用人たちといっしょの食事ももちろんおいしかったが、今朝はルシアンやユミラと同じものがマルグリットにも供された。母が亡《な》くなってから六年ぶりの豪華な食事だった。

あまりのおいしさに、涙ぐみながら完食してしまったのである。

クラヴェル家では、マルグリットに与えられるスープはわざわざ冷やした上に水を入れて薄《うす》められ、パンも一日置いて硬くなったもの、しかもそれをモーリスやイサベラと同じテーブルで食べるという手間のかけようだった。

（あの人たち、ものすごく暇人《ひまじん》だったのね……）

自分たちの食べるものを羨《うらや》ましそうに眺めるマルグリットを見るのは楽しかったのだろうな、と思う。

けれどもユミラは違いそうだ。ルシアンはマルグリットの幸せいっぱいの笑顔を見て微妙な顔つきになったあとは終始こちらを見ず、黙々《もくもく》と食事をすませるとすぐに席を立ってしまった。もちろん楽しくなかっただろう。

窓の外を眺めてため息をつく。部屋の窓は母屋の通用口に面していて、食材や日用品を運び込む使用人たちの姿が見えた。そばに立って取りまとめ役の商人と話をしているのはルシアンだ。

眉間《みけん》に皺《しわ》を寄せるルシアンを眺め、マルグリットは小さくため息をついた。

（どうしたら皆様に気持ちよく暮らしていただけるのかしら）

ド・ブロイ家に不快感を与えておきながら、自分だけが幸せに暮らすのは申し訳ない。

そう思って考えてみても、答えは見つかりそうになかった。

昼食もアンナが呼びに来たが、「もうお許しください、キッチンに戻りますとわたしが泣いていたと伝えてくれない？」とお願いすると干物《ひもの》の魚のような目つきになったあとマルグリットを置いて立ち去った。

しばらく待ったがふたたびの迎えはなかったので、ユミラ夫人も納得してくれたと思うことにした。


マルグリットへの対応はふたたび使用人たちの手に戻された。

「聞いていますか⁉　あなたはこの家にふさわしくない‼　ド・ブロイ家は歴史あるお家柄です。その起源は王国建国のきっかけとなった白百合の合戦までさかのぼり――」

アンナの怒声《どせい》とテーブルを叩く音とが激しくなった。振動《しんどう》するスプーンが皿に当たりカタカタと音を立てる。

（イビられている……けれど、食事をとらせてくれるあたり、やさしいわ）

痩《や》せ細《ほそ》ってしまっては晩餐《ばんさん》会などに出席した際に王家に不仲が露見《ろけん》すると案じてのことなのだろうが、王家の命令を守ろうとしている時点でマルグリットの安全は保証される。

ユミラに対面したマルグリットには、怒鳴り声と騒音《そうおん》が彼女らの精いっぱいの示威《じい》行動なのだとわかってしまった。そのため、いくらテーブルをバンバンされても、

（毛を逆立てている仔猫《こねこ》ちゃんみたいだわ～……）

と、ついほんわかしてしまうのだった。

食事を終えて部屋に戻るとドレスや靴《くつ》がなくなっていた。

隠されたのか、捨てられたのか。どちらにせよ、マルグリットの部屋に忍《しの》び込んだ誰かは、あまりの物持ちの少なさに困惑したことだろう。なにを取りあげれば嫌がらせになるのかわからなかったに違いない。

マルグリットにとって大切な本や刺繍道具は、意味がないと思われたのか、そのまま残されていた。

(さて、ドレスや靴をさがさなければならないわね)

今度こそ必死にさがし、見つからずに悲しみ、うらぶれてみせようとマルグリットは決心した。

しばらくしてマルグリットは、一応ユミラの意に添えたことを知った。

北の離れから母屋へ顔を出した彼女を、待ち構えていた使用人たちが寄ってたかって貶《おとし》めてきたからである。

「まあ、なんてひどい姿なの！　ドレスがぼろきれのよう！」

「こんななりでよくド・ブロイ家に嫁げたものだな」

「せめてお綺麗《きれい》にしてさしあげましてよ！」

棒読みの台詞を緊張《きんちょう》した面持ちで告げ、メイドのひとりがバケツを振りかぶった。

バシャーン！　と景気よく水がぶちまけられる。

「おほほほ！　ご自分の立場がおわかりになりまして！」

よろめいて力なくその場にうずくまり、洟《はな》をすすり始めたマルグリットに、やはりぎくしゃくとした笑い声をあげながら使用人たちは立ち去った。ユミラ夫人に報告に行くのだろう。

「……」

彼らの声が聞こえなくなったことを確認するとマルグリットは真顔に戻った。

もちろん、まったく傷ついたりはしていない。

（及第点《きゅうだい》ではあるけれど、あともうひと息……っ）

ぐっと唇《くちびる》を引き結んで声に出ないようにしながら、マルグリットは眉《まゆ》を寄せる。

（まず、水が、泥水《どろみず》じゃないっ！　ただの真水！　冷たいけど震えるほどじゃない！

中途半端《ちゅうとはんぱ》、すべてが中途半端……っ！　嫌がらせのあとは立ち去るんじゃなくてその場にいて追い打ちをかけないと！　濡れ鼠《ねずみ》のまま後始末をさせるまでが嫌がらせ……っ!!）

おそらく彼らは巷《ちまた》の小説の真似《まね》をしたのだろう。マルグリットが図書室で読んだ本にも似たようなシーンがあった。お屋敷《やしき》に働きに出た美しいメイドが先輩《せんぱい》使用人たちにイビられ、ひとりでシクシク泣くのである。

だが置き去りにされたということはこれ以上の意地悪は続かないことを示しており、マルグリットのような上級者（？）にとっては憩《いこ》いの時間だった。

両手のこぶしを握《にぎ》り、ぶるぶる震えながら廊下《ろうか》の隅《すみ》にうずくまっているマルグリットは哀れな娘に見えた。実際の心の声は真逆だったが。

「こんなところでなにをしている？」

かけられた声にマルグリットは顔をあげた。

見れば廊下のあちら側からルシアンが歩んでくる。ルシアンはマルグリットのそばまで来て、彼女とその周囲がびしょ濡れであることに気づき、秀麗《しゅうれい》な顔をしかめた。

「なんだその姿は」

「いえ……」

「母上の命令か？」

たぶん、と言いたいところだがわからない。黙り込むマルグリットの態度はルシアンの目には怯《おび》えと映った。

「母上を挑発《ちょうはつ》するからだ。己の愚《おろ》かさを思い知ったか。……なにか、言いたいことがあるなら言え」

「独創性《オリジナリティ》がないな、と……」

「は？」

「いえ、なんでもございません。わたしの態度が悪かったのだと思っております」

「……そうか」

「どうしたら皆様のお気に障《さわ》らないようにできるのか、考えているのですが……」

眉をさげて肩を落とし、

（あっ！　これが悲しい顔じゃない⁉　覚えておかなくちゃ）

マルグリットの顔に力が入る。

暗い表情で唇を引き結ぶマルグリットにルシアンは視線を逸《そ》らし、気まずそうな顔になると、ぼそりと呟いた。

「晩餐会だ」

「え？」

「二週間後、母上がこの屋敷で晩餐会を開催《かいさい》する。王家の方々も訪れる予定だ。その場でうまくふるまえば母上の気もしずまるかもしれん。できると言っただろう？」

「はい」

マルグリットは頷いた。王家の命令を守っていることを見せるためなのだろう。ルシアンの妻として問題のない行動ができれば、ユミラにも認めてもらえるかもしれない。

ユミラの苛立ちの理由もわかった。晩餐会の準備は女主人の仕事。現在ユミラは多忙《たぼう》でストレスを抱《かか》えている。それをマルグリットにぶつけたかったのだ。

考え込むマルグリットにルシアンはほっと息をついた。

「もとの顔に戻ったな」

「えっ、あ、申し訳ありません」

ルシアンに言われ、悲しげな顔を忘れていたことに気づく。

「なぜ謝る」

「えっと……」

(わたしがつらい目に遭《あ》っていたほうがいいのではないかと思って)という内心の答えは、ルシアンの顔を見たら声にならなかった。それは違うようだと直感が囁《ささや》く。

むしろルシアンはマルグリットに手をさしだした。濡れた手で触れることに戸惑《とまど》っていると、強引《ごういん》に手を引いて立たせてしまう。

「晩餐会までに体調を崩《くず》されてはかなわん。すぐに着替《きが》えろ」

「それが、服が、ありませんので……」

「……それも母上か?」

ルシアンの表情が曇っていく。どうしてだろうかとマルグリットは考えた。マルグリットを追い出そうとする公爵家の行為を、苦々しく感じているようにすら見える。

「このままでも、体調を崩すことはありませんので……わたし、寒さには強いのです」

「来い」

頑丈アピールはあっさりと無視された。

手を引かれたまま、向かった先はランドリーだった。次期当主とびしょ濡れのその妻の姿に使用人たちがぎょっとする。ルシアンはタオルをとってマルグリットへ与えた。

「彼女の服のありかを知らないか」

いつもより不機嫌《ふきげん》そうなルシアンの声に使用人たちはふるふると首を振った。

「これでも着ていろ」

渡されたのはルシアンのローブだ。厚手のもので、マルグリットの全身をすっぽりと覆《おお》うだけの長さがある。メイドたちが急いでマルグリットを別室へ連れてゆき、着替えを手伝ってくれる。ほかの者たちは隠されたドレスをさがしに出ていった。

濡れたドレスの代わりにローブを着て髪《かみ》を拭うと、寒さは気にならなくなった。

なぜかはわからないが、ルシアンはマルグリットを苦境から救いだしてくれたようだ。

「ありがとうございます、ルシアン様」

「……礼を言うとは、皮肉か」

「えっ、いいえ、本心です」

以前と同じ言葉を投げかけてランドリーを出ていこうとするルシアンに、マルグリットは焦《あせ》った。

（本当に感謝していることを伝えたいのに）

なにかお礼になることは、と考え、「あ」と手を打つ。

「イグリア商会の者たちは、屋敷の中で休息させてあげるとよろこびますよ」

「なんだと？」

マルグリットに背を向けていたルシアンがふりむく。

イグリア商会は南方の調度品や食材に精通している。クラヴェル家は領地でも王都でも密接な関係を持っていた。ド・ブロイ家もそうなのだろう。

「彼らは根っからの商人で、それだけに商売を抜きにした付き合いが大好きなんですよ。ぶっきらぼうに見えますが話してみると気さくで……」

「話したことがあるのか？　やつら、いつも黙って商品を置いていくだけだ」

憮然《ぶぜん》としたルシアンの表情にマルグリットは思わずほほえんだ。

「お茶とお菓子《かし》をふるまって、笑顔で話しかければ」

先日、自室から見た商品の引き渡しは、黙り込んだルシアンと、そんな彼と睨みあうようにして書類のやりとりだけをしている商会長といった様子だった。

「仲よくなると王都流通前の商品を見せてくれたりしますよ」

「……参考にしよう」

「ユミラお義母様のお手伝いができればよいのですけれど」

クラヴェル家での晩餐会を取り仕切っていたのはマルグリットだ。商会とのつながりもそのときに培《つちか》ったものである。だが、ユミラが大切な晩餐会をマルグリットに差配させるとは思えない。

「まずは晩餐会で認めていただくことですね」

自分を鼓舞《こぶ》するように頷き、マルグリットはルシアンを見上げた。あいかわらず無愛想ではあるが、晩餐会の予定も、ユミラの多忙も知ることができた。

マルグリットの表情がほころぶ。

「やっぱりルシアン様は、やさしいお方です」

「……！」

息を呑んだルシアンは、応えることもなく踵《きびす》を返すと、さっさと歩み去ってしまった。

その頬がわずかに赤く染まっていたことを、マルグリットは知らない。

（晩餐会のお手伝いができないなら、少しでもユミラお義母様のストレス解消に役立ちたいわ……！）

いつもどおり、明後日の方向に決意を固めていた。

第二章 お披露目の晩餐会

ド・ブロイ公爵邸《こうしゃくてい》の広間は、華《はな》やかな喧騒《けんそう》に包まれていた。

晩餐会《ばんさんかい》のためにユミラが渋々《しぶしぶ》あつらえたドレスを優雅《ゆうが》に着こなし、背すじをのばしたマルグリットは野暮《やぼ》ったい印象が消え、気品にあふれていた。

「どうでしょうか、ルシアン様。ユミラお義母様《かあさま》にも認めていただけますか」

「あ、ああ」

じっとマルグリットを見つめていた自分に気づき、ルシアンは平静を装《よそお》って頷《うなず》いた。

(なにをしているんだ俺は)

今夜の晩餐会にはド・ブロイ公爵家とクラヴェル伯爵《はくしゃく》家それぞれの親類や親しく付き合いのある貴族たちが呼ばれていた。婚礼《こんれい》の際にできなかったお披露目《ひろめ》をしようというのだ。両家に関わりのある貴族たちは、ルシアンとマルグリットの結婚《けっこん》を知らされていたし、その背後に王妃《おうひ》エミレンヌがいるということも察していた。

俄然《がぜん》、集まった人々は好奇《こうき》に満ちた視線をふたりに向ける。

マルグリットはルシアンとともに来客たちへの挨拶《あいさつ》にまわり、笑顔《えがお》をふりまいていたが、ふとしたときに表情は曇《くも》る。

ただしそれは、皆《みな》が思うように「宿敵の家に嫁《とつ》いでイビられているから」ではない。

(結局ユミラお義母様にスカッとしていただけなかったわ……)

どうしても「この程度のイビりで衣食住が保証されるなんて天国にしか思えない」という気持ちが勝《まさ》り、悲しい顔が続かないのである。

おまけに自己申告《しんこく》どおりマルグリットの礼儀《れいぎ》作法にはなんの問題もなく、ユミラ夫人は最も期待していた「娘《むすめ》に基本的な礼儀作法すら教え込んでいない野蛮《やばん》な家」という評価をクラヴェル家に与《あた》えることができなかった。

(お義母様の歓心《ポイント》を稼《かせ》ぎたいのだけど……)

ルシアンの腕《うで》をとりつつ、マルグリットはユミラをうかがい見た。

ド・ブロイ派の夫人たちはユミラを取り囲んでひそひそと語りあっている。ユミラは涙《なみだ》を流しそうな顔で頷き、ときおり同情を引く仕草をする。

「なんてお可哀想《かわいぞう》なユミラ様。手塩にかけて育てたルシアン様を、あんな家の娘に……」

「本当に。もっといいご縁《えん》が結べましたでしょうに、酷《ひど》い話ですわ」

「あの娘も身分をわきまえ、自ら離縁《りえん》を申し出るくらいの謙虚《けんきょ》さがあってもいいと思いますわ、わたくし」

……というところだろう。

家でも影《かげ》の薄《うす》いド・ブロイ公爵は、貴婦人たちのお喋《しゃべ》りにはまじらず、親しい貴族たちにもの憂《う》げな顔を見せている。

当然、ド・ブロイ派の貴族とクラヴェル派の貴族も挨拶を交《か》わす様子もなく、互《たが》いを無視して晩餐会をすごしている。

ルシアンはマルグリットを見た。ルシアンの隣《となり》で、マルグリットは誰《だれ》に対しても笑顔で挨拶を口にする。たとえ相手がド・ブロイ派の貴族で、彼女を無視したとしても。

(彼女はこうして、公爵家にふさわしい態度をとっているというのに……)

マルグリットに比べて、周囲の貴族たちは派閥《はばつ》争いに気をとられすぎている。王家の懸《け》念《ねん》もわかるというものだ。

(俺もそうだった。彼女がいなければ……)

そばにいるせいか、どうしてもマルグリットのことを考えてしまう。これまでのように冷たい態度をとることができない。

(どうしたのかしら、ルシアン様)

ぼんやりと晩餐会を眺《なが》めるルシアンの視線を追い、マルグリットも広間を見まわす。

反目しあう貴族の中にひとり、金の髪《かみ》を輝《かがや》かせ、派閥を超《こ》えて様々に語りあう者がいた。

イサベラである。

両家の友好を結び、国内の諍《いさか》いをなくしたいというエミレンヌの願いを汲《く》んで——ではない。ド・ブロイ派に紛《まぎ》れ込むことで、姉を好きなだけこきおろせるからだ。

ユミラに近づいたイサベラは、飲み物を選ぶふりをして彼女の話に聞き耳を立てる。友人たちから悲劇の母よと慰《なぐさ》められて興がのってきたユミラは、親しい間柄《あいだがら》の夫人たちにだけ、というつもりで、自分がどれほどにマルグリットを虐《いじ》め抜《ぬ》いてやっているのかを語り始めていた。

「北の塔《とう》の寒い部屋に置いてね、使用人たちと同じ扱《あつか》いをしておりますのよ。先日も朝食に呼び出してやったら、そのあとはお許しくださいと泣いて乞《こ》うて、自分から使用人の中に戻《もど》りましたわ」

「当然ですわ。公爵家に紛れるなんて厚かましいことをさせてはなりませんよ、ユミラ様」

イサベラはちらちらとユミラを見やっては姉の境遇《きょうぐう》が幸せなものではないことを確信したのだろう、薄笑《うすわら》いを浮《う》かべる。

（あのふたり、他人の不幸を確認《かくにん》したいタイプと、自分の不幸を確認したいタイプね……案外気があうかもしれないわ）

ちらりとルシアンをうかがうと、妙《みょう》な動きをするクラヴェル家の人間に気づいたのか、眉《まゆ》をひそめてユミラとイサベラを注視している。

他人の口からたっぷりと姉への誹謗《ひぼう》を聞いて満足したイサベラはその場を離《はな》れた。

と思えば、まっすぐにマルグリットのところへ向かってくる。

(いけないわ! ルシアン様を怒《おこ》らせてしまう)

ルシアンの隣で招待客と挨拶を交わしつつ、内心でマルグリットは焦《あせ》る。

目の前に立っているのはド・ブロイ派の貴族だ。父親に手をとられ令嬢《れいじょう》が歩み出る。

「ルシアン殿《どの》にはぜひ当家の娘をと思っておりましたのに、まさかこんなことになろうとは、いや残念でなりません」

「わたし、ルシアン様のよき伴侶《はんりょ》になりたいと、ずっと願っておりましたのよ」

ほがらかな口調ではあるが内容には敵意が含《ふく》まれている。男の針のような目がマルグリットへ冷たい視線をそそいだ。その隣で、令嬢もマルグリットを睨《にら》みつける。

次期当主であり、美しい顔立ちのルシアン。そっけないところも令嬢たちには憧《あこが》れを補強するものとして映っていた。

だが(イサベラとルシアン様を会わせてはいけない!)ということばかりに気をとられているマルグリットは、それが厭味《いやみ》であることに気づかず笑顔を見せる。

ムッとした顔になった令嬢がルシアンの腕をとった。

「披露目の場ではありますが、ルシアン様とわたくしの仲ですもの、少しだけでもお話しいたしませんか」

つまり、マルグリットを置いて、自分とふたりになれということだ。

「残念ですが――」

今宵《こよい》の会には王家の使者も来る。少しでも疑いを抱《いだ》かれるような真似《まね》はしたくないと、ルシアンは断りを口にのせかける。

それを遮《さえぎ》ったのはマルグリットだった。

「ええ、どうぞ、積もるお話もおありでしょうから、おふたりで。……ルシアン様、リチャードがまだ会場におります。馬車は来ていないのですわ」

後半はルシアンだけに聞こえるように身を寄せて囁《ささや》く。

ド・ブロイ家の執事《しつじ》であるリチャードはたしかに広間の大扉《おおとびら》のそばに立ち、宴《うたげ》が滞《とどこお》りなく進んでいるかのチェックをしている。馬車が来れば彼は招待状を確認しに玄関《げんかん》へ出る役割を担《にな》っている。

（いつのまに使用人の顔と名前を……）

ルシアンが驚《おどろ》いているあいだに、「では」と優雅な礼を残し、マルグリットはさっさと立ち去ってしまった。

マルグリットの心中は、

（イサベラとルシアン様を近づけてはいけないわ）

という一念のみなのだが、ふりかえることもしない凛《りん》とした後ろ姿は、令嬢にとっては正妻の余裕《よゆう》に見えたし、ルシアンにとっては「あなたが誰といようとなんの興味もありません」という証明でもあった。

「……ルシアン様？」

「ああ、申し訳ない」

令嬢に覗《のぞ》き込まれ、我に返ったルシアンは、その手をとってエスコートする。

ほっと安堵《あんど》の息をつくマルグリットとは反対に、ルシアンの表情は硬《かた》く、眉間《みけん》には皺《しわ》が寄っている。快く別の令嬢とルシアンを送り出したマルグリットに納得《なっとく》がいかないのだ。

彼の心には、マルグリットの後ろ姿が焼きついていた。


期待どおり、イサベラはルシアンと令嬢のところへは行かず、向きを変えてマルグリットへと歩みよってきた。口元には愉悦《ゆえつ》の笑《え》みが浮かんでいる。

「お姉様、あたし聞いてしまいましたの。お姉様が今とっても不幸せだって」

反射的にマルグリットの表情はこわばった。口をつぐみ、俯《うつむ》く。

自分の反応にマルグリットも驚いた。ド・ブロイ家であれほど楽しく暮らしていても、イサベラを前にすれば以前の自分に戻ってしまうのだ。

（でもちょうどいいわ）

怯《おび》えたようなマルグリットの態度にイサベラは気をよくしたようだ。

「家ではすましていたお姉様も、嫁ぎ先では耐《た》えきれなかったようね」

（いえ、嫁ぎ先は実家に比べたら天国よ）

「誰も行かない離れの物置のような場所にひとり寝《ね》かされて、毎夜泣いているとか」

（……誰も行かない場所にひとりで寝かされていたら、毎夜泣いていることなんてわからないのでは？　ユミラお義母様が言っていたのね）

「今だって、ほら、夫のルシアン様はお姉様を置いてほかの女と語りあっているわ」

イサベラはルシアンを見た。マルグリットへの対抗心《たいこう》を燃やした令嬢は、まるで自分が妻かのようにルシアンに寄《よ》り添《そ》い、うっとりとした笑みを浮かべている。それをたしなめる者のいないところが、この晩餐会の異常さを表しているといえる。

「お姉様に居場所なんてないのよ。帰ってきたいと言ってもうちは受け入れませんからね。一度敵の家の門をくぐったお姉様をなんて、汚《けが》らわしい」

（あの家に戻るくらいなら修道院に入るわ……）

心の中で言葉を返しつつ、表面上は陰鬱《いんうつ》な表情でマルグリットはうなだれていた。なにを思っても顔に出ないので、逆に表情筋がこわばっていてくれてありがたいくらいだ。

以前ならイサベラの言葉はマルグリットを傷つけた。だが今は違《ちが》う。この時間が終われば イサベラとはお別れなのだ。マルグリットはド・ブロイ家に帰り、そこでは笑顔でいることができる。

（なんてすばらしいんでしょう……！）

しばらくのあいだ右から左へ聞き流し、神妙《しんみょう》な顔をしていればよい。

（お義母様の前でも、同じようにできればいいのに……）

そんな他所事を考える余裕すらマルグリットには生まれている。

手ごたえのない姉の態度にイサベラは眉をあげた。マルグリットが意に沿う言動をしなければ、イサベラはいつもかんしゃくを起こし、マルグリットを傷つけるまで喚《わめ》いた。

「ねえ、聞いているの⁉　お姉様は家じゅうの者から嫌《きら》われて、誰にも愛されずに生きてゆくのよ！」

ついには、披露目の席で言ってはならない呪《のろ》いの言葉を口にする。

最後の言葉はマルグリットの心の奥に触《ふ》れた。

「……そうね……」

思わずぽつりと、返すつもりのなかった応《いら》えがこぼれ落ちる。

「ルシアン様にはもう言われたわ。……お前を愛するつもりはない、と」

「まあ！　心底お姉様を嫌っていらっしゃるのね。夫なら妻を愛するのは当然なのに」

イサベラの表情がぱっと輝いた。

（でもね、ド・ブロイ家の方々は、いくら嫌っていてもあなたほどのことはしないの）

たとえば、彼らが望むようにマルグリットが執拗《しつよう》な嫌《いや》がらせに耐えかね、離縁を申し出たとして。彼らのマルグリットへの興味はそこで終わるはずだ。

自分たちが追い出した人間がちゃんと不幸になっているかを確認するような真似を、彼らはしないだろう。暗い気持ちが胸を塞《ふさ》ぐ。

（お父様やあなたはどうして――）

マルグリットが俯いた、そのときだった。

「――マルグリット！」

自分を呼ぶ声に顔をあげる。

「シャロン」

兄にエスコートされてやってきたのは、明るい髪色とぱっちりと愛嬌《あいきょう》のある目をした、シャロン・ミュレーズ。伯爵家の令嬢だ。

「久しぶりね！　結婚式《けっこんしき》には出られなかったから」

「ええ、本当に」

マルグリットの手を握《にぎ》り再会をよろこびあうと、シャロンは真正面からイサベラを見据《みす》えた。

「あなたも久しぶりね、イサベラ。お姉様がいなくて寂《さび》しいでしょう」

にっこりとほほえまれ、イサベラは唇《くちびる》を尖《とが》らせる。まるで自分が寂しさのあまりマルグリットにまとわりついていると言われたようだからだ。

「そんなのじゃないわ」

それだけ言って、挨拶もせずに離れてしまう。妹の無礼をたしなめようとするマルグリットをやんわりと止め、シャロンはわざと令嬢らしからぬ大げさな身ぶりで肩《かた》をすくめた。

「あいかわらずね、あなたの妹は」

シャロンに撃退《げきたい》されたイサベラは、父のもとへ戻ると不満を漏《も》らしているようだった。

モーリスが慌《あわ》てた顔でなだめている。

「ありがとう、シャロン」

マルグリットが母を亡《な》くし、身なりが落ちぶれ始めると、友人だと思っていた令嬢たちは徐々《じょじょ》に疎遠《そえん》になっていった。そんな中で、シャロンだけが変わらず手紙のやりとりを続け、マルグリットの身の上を心配してくれた。

マルグリットの、唯一《ゆいいつ》といってよい友人である。

「いいのよ。それよりどうなのルシアン様は？　見た目だけなら素敵《すてき》な旦那《だんな》様じゃない」

「とってもやさしい方よ」

態度はぶっきらぼうだが、困っているマルグリットを見捨てられなかった。面倒《めんどう》見のいいところもある。

「今度お茶会に呼んでちょうだいよ。マルグリットの友人として見定めておかなくちゃ」

「お茶会ね。できたらいいわよね……」

ユミラの顔を思い出し、マルグリットの言葉は尻《しり》すぼみになる。

今のところ、ド・ブロイ家のサロンや茶会といった行事はすべてユミラによって執《と》り仕切られている。ルシアンは、今夜の晩餐会で務めを果たせばマルグリットが認められることもあるだろうと言ってくれたが――……。

「そういえば、今日は王家の方がいらっしゃるのではなくて？」

「そのはずなんだけど」

晩餐会が始まって一時間はたとうとしているが、王族が訪《おとず》れたという報《しら》せはない。そうでなければ両家ももう少し親交を取り繕《つくろ》おうというものだ。

（あら？　でもリチャードがいないわ）

大扉のかたわらに控《ひか》えていたはずの執事の姿が消えている。

ルシアンも気づいたようで、令嬢にいとまを告げるとマルグリットと頷きあう。

「シャロン、ごめんなさい、行かなくちゃ」

「ええ、あとでルシアン様を紹介《しょうかい》してね」

小さく手を振《ふ》ってほほえむシャロンに手を振り返し、マルグリットはルシアンに従った。

ルシアンのさしだした手に手を重ね、笑顔で、しかし目立たぬように広間をあとにする。

ルシアンは無表情だが、マルグリットを嫌っているわけではなさそうだ。

（意外とお似合いのふたりみたいね）

言葉を交わすこともなく意思を通じあわせ、寄り添うふたりを見送りながら、シャロンは満足げに頷いた。

大扉から退出する直前、マルグリットは広間を見渡《みわた》した。

一見楽しげな晩餐会は、よく見ると人々のあいだに川の流れるような空間があり、ド・ブロイ派とクラヴェル派を分かつ。その中央に陣取《じんど》ったイサベラが、両派閥に聞こえよがしに、マルグリットの悪い噂《うわさ》を吹聴《ふいちょう》している。

「クラヴェル家では、厄介払《やっかいばら》いができてせいせいしておりますのよ。ド・ブロイ公爵閣下やルシアン様に同情するくらいですわ」

廊下《ろうか》まで追いかけてくる甲高《かんだか》い声を振り切り、マルグリットはルシアンとともに急ぐ。

「ああ、ようございました。今ちょうどおふたりを呼びに人をやろうとしたところです」

応接室の扉の前にはリチャードが青ざめた顔で立っていた。

扉を開け、マルグリットはその理由を理解した。

優雅なほほえみをたたえて席につくのは、エミレンヌ・フィリエ王妃と、ノエル・フィリエ第三王子。

ルシアンの表情が引きしまる。マルグリットの笑顔はひきつっていたかもしれない。

「本日はお越《こ》しいただき恐悦《きょうえつ》に存じます」

ルシアンが腰《こし》を折る。その隣でマルグリットも最上位の礼をした。ド・ブロイ家でも講師を呼んで確認してもらい、お墨付《すみつ》きを得た礼である。

そんなふたりにエミレンヌは紅の唇をやわらかくたわめた。

「面をあげなさい。ほかに人の目はありません。かしこまらなくていいの」

言われて、ルシアンとマルグリットは顔をあげる。婚礼の日に見たのと同じ、座っているだけなのに威厳《いげん》という名の圧力を放射しているエミレンヌと、表情の読めないノエル。

「広間には通さず、ここで挨拶をさせてもらえるよう執事に言ったのよ。内密にね」

それはリチャードも、王妃を待たせているあいださぞや恐《おそ》ろしかったことだろうと思う。なにせ家の主人たちは王族がすでに同じ屋根の下にいることを知らないのだから。

「広間に顔を出しても聞きたくもない噂話《うわさばなし》ばかりでしょうから」

それが両家の諍いじみた愚痴《ぐち》を指しているのだと理解できてしまうから、ルシアンもマルグリットもなにも言えない。

「わざわざかわりばえのしない状況《じょうきょう》を確認するより、あなたたちに賭《か》けてみようと思って」

「わたくしどもに……？」

「そう」

ルシアンに頷いて見せ、エミレンヌはマルグリットへ視線を向ける。

「ルシアンはやさしい？　マルグリット」

れることとなった。

「はい！」

突然《とつぜん》の質問にルシアンが息を呑《の》む。だが彼の驚きはマルグリットの力強い答えに倍増される。

やさしいか、と尋《たず》ねられて、肯《はい》と即答《そくとう》されるような態度をとっていないことはルシアンも自覚している。むしろここでマルグリットが受けた仕打ちを訴《うった》えれば、罰《ばつ》を受けるのはド・ブロイ家だ。エミレンヌは釘《くぎ》を刺《さ》しに訪れたのだろう。

だが、マルグリットがド・ブロイ家での扱いを申し立てることはなかった。

「互いにまだ慣れていない部分はございますが、ルシアン様はわたくしとお話をしてくださいます。ご自分の意見を述べ、わたくしの意見を聞き、わたくしになにかあったと思えば声をかけて、助けてくださいます」

エミレンヌは嬉《うれ》しそうにうんうんと頷いている。ノエルはしずかに頷いている。

マルグリットの言う〝お話〟が図書室での「お前を愛するつもりはない」「わたしもあなたを愛する気はありません」の応酬《おうしゅう》だと、数秒考えてルシアンはやっと気づいた。

「ユミラお義母様の信頼《しんらい》を得られるよう、助言もいただきました！」

笑顔で——心底からの笑顔でそう告げるマルグリット。彼女にとってみればド・ブロイ家の嫌がらせなど児戯《じぎ》に等しい。両家の確執《かくしつ》を考えれば当然のものである。

「すばらしい！」

　エミレンヌも膝《ひざ》を打って立ちあがった。

「対話はすべての始まり。では、ルシアンとは幸福な生活を築けそうなのね」

「今すでに幸せですわ」

「やはりわたくしの目に間違《まちが》いはなかった」

　エミレンヌは両手で、ルシアンとマルグリットそれぞれの手をとり、重ねあわせた。

「国のために、あなた方の幸せのために、わたくしもできる限りの協力をしましょう」

「もったいないお言葉です」

　頭をさげつつも、褒《ほ》められる態度をとってこなかったことはルシアン自身が十分に自覚している。エミレンヌの射貫《いぬ》くような眼差《まなざ》しに腹の底をひやりとしたものが撫《な》でる。そんな彼の内心を知ってか知らずか、

「では、今夜はもう帰るわね」

　それだけ言うと、エミレンヌはさっさと扉へ向かう。ノエルもあとに続いた。

「え、あの、お飲み物などは……」

「あなたたちの惚気《のろけ》でお腹《なか》いっぱいよ」

（惚気……??）

　マルグリットの頭上に疑問符《ぎもんふ》が飛ぶ。ほとんど話していなかったルシアンは言っていない。マルグリットも言っていない、はずだ。

来たと思ったら帰ってしまう王族たちに、リチャードが大慌《おおあわ》てで馬車の用意をする。

ルシアンとマルグリットも、別れの挨拶をしつつ、正面玄関までエミレンヌとノエルを見送った。まるで嵐《あらし》のような方々だ。

「……なんとか、よろこんでもらえたみたいですね」

「ああ」

ふたりきりになった玄関で、マルグリットはルシアンを見上げた。外は暗闇《くらやみ》だが、大きく開かれた扉から漏れる明かりがルシアンを照らしている。

ルシアンはあいかわらず眉をよせて厳しい顔つきだった。

（なにか間違えたかしら。挨拶も礼もお喋りも、失敗はしていないと思うのだけれど）

じっと見つめるマルグリットからルシアンは視線を逸《そ》らした。

と、思うと、

「……助かった」

ぼそりと呟《つぶや》かれたのは、聞き違いでなければ、感謝の言葉といってよいだろう。

その表情を確認する前にルシアンはくるりと背を向けて立ち去ってしまうのだが、そんなことはやっぱりマルグリットには気にならない。

（褒めてくださった……）

マルグリットの全身にほわほわとあたたかな感情がよみがえった。

自分の言動を誰かに認めてもらえるなんて、何年ぶりのことだろう。

その感動が一般《いっぱん》的な基準からは大きく外れていることを知らぬまま、マルグリットははにかんだ。

一つ誤算があったとすれば、「エミレンヌ王妃が訪れたが、ルシアンとマルグリットだけに会って帰ってしまった」という報告を、ユミラ夫人が信じなかったことであろう。

「ド・ブロイ公爵にもわたくしにもお会いにならぬなど、ありえません！　ルシアン、あなたまでなにを馬鹿なことを」

王妃がマルグリットを認めた、という事実は、ユミラには受け入れがたかった。

なので、マルグリットへのイビリは続く。

そしてド・ブロイ家の困惑《こんわく》も続くのであった。

第三章 夫の様子が変です

これまでが嘘《うそ》のように、日々はのんびりと穏《おだ》やかに進んだ。

……と、思っているのは、マルグリットだけである。

晩餐《ばんさん》会の終わったマルグリットは持参した粗末《そまつ》なドレスに戻《もど》り、使用人とともに食事をとっていた。ユミラの叱咤《しった》を受け使用人たちも精いっぱいマルグリットを罵《ののし》るようになっていたが、

「貴族の令嬢《れいじょう》とは思えない間抜《まぬ》け面《づら》！」

（ナット、へそくりが奥さんにバレたっていうの、大丈夫《だいじょうぶ》だったかしら）

「あなたにお似合いなのはルシアン様ではなくて床磨《ゆかみが》きよ！」

（フェリスのお菓子《かし》は最高ってドレアが言っていたわ。わたしもいつか食べてみたい）

「食事が終わったら這《は》いつくばって床を磨くことね！」

（アンナは今日も元気ね）

怒鳴《どな》り声に耐性《たいせい》のあるマルグリットには気にならない。

同じテーブルで食事をとったことで使用人たちの顔と名前は一致《いっち》するようになっていた

し、厳格な女主人のいない場所で彼らがうっかりとこぼす会話も耳に入っていた。だから、彼らがよい意味で平凡《へいぼん》な使用人であり、たあいもないことを同僚《どうりょう》とぼやきあいながら暮らしていることを知っている。

（クラヴェル家も、昔はそうだったのよね……でもわたしを庇《かば》った使用人たちは次々と辞《や》めさせられて……）

嫁《とつ》ぐ直前の、魔窟《まくつ》のような場所になってしまったのだった。

晩餐会でひと月ぶりに顔をあわせたイサベラは、マルグリットの心に変わらぬ恐怖《きょうふ》を呼び起こした。けれど、ド・ブロイ家の使用人たちはそんなことはない。

「……ちょっと!! 聞いているの!?」

「え？　ああ、うん、床磨きね。道具を貸してちょうだい」

バンッとアンナにテーブルを叩《たた》かれ、マルグリットは顔をあげた。

床磨きなら実家でやらされていた。この家には磨いた端《はし》から泥《どろ》を撒《ま》き散らかしていく人間はいないからすぐに終わるだろう。

「ごめんなさい。怒鳴られると別のことを考える癖《くせ》がついてしまって。場所はどこ？　蝋《ろう》も引いたほうがいいかしら」

「……!!」

「あ、そうだ、これ。ハンカチなの。アンナの名前を刺繍《ししゅう》したからよかったら……」

「いりません！！」

真っ赤になったアンナが肩《かた》をいからせてキッチンを出ていく。

「……床掃除《ゆかそうじ》はしなくていいのかしら？」

周囲の使用人たちをふりむき尋《たず》ねれば、彼らも視線を逸《そ》らしてそそくさと逃げ出《にだ》した。

ぽつんとひとりになってしまったマルグリットは首をかしげ、食べ終わった器《うつわ》を片付けると北の離《はな》れに戻っていく。

そんなマルグリットを見つめる視線があった。

ルシアンだ。

晩餐会を終えてからのち、ルシアンはマルグリットの様子をうかがっていた。

幼いころからド・ブロイ公爵《こうしゃく》家の跡取《あとと》りとして厳しく育てられ、人々の上に立つ人間であれと教えられたルシアンにとって、使用人たちからぞんざいな扱《あつか》いを受けて笑っていられるマルグリットは理解不能な存在だった。

一方で、彼の冷静な思考は、マルグリットの意図を推測してもいた。

王家からド・ブロイ家とクラヴェル家に課せられた期待は、両家が婚姻《こんいん》によってこれまでの軋轢《あつれき》を解消し、力を合わせて国境の確固たる砦《とりで》となること。その期待を忠実に遂行《すいこう》するためには、いがみあい続ける現状は欠点にしかならない。

自分を犠牲《ぎせい》にし、王妃《おうひ》には理想的な待遇《たいぐう》を報告することで、マルグリットはド・ブロイ家になにも生みださない虚《むな》しさを訴《うった》えているのではないだろうか――。

マルグリットからすれば虚しいのは実家のクラヴェル家なのだが、ルシアンは知らない。

――ルシアン様はわたくしとお話をしてくださいます。

エミレンヌに語ったマルグリットの弾《はず》んだ声が、自信をもって「そうだ」と言えないルシアンの心を締《し》めつける。

(彼女の言葉が真実になるよう、彼女と話をしなくては)

そんな決意を胸に、ルシアンは北の離れへ向かった。

図書室わきに与《あた》えられた自室では、マルグリットが読書に没頭《ぼっとう》中だった。

マルグリットにとって現在の暮らしは最高である。イサベラは使用人がする些細《ささい》な仕事までマルグリットにさせてはいちいち難癖《なんくせ》をつけていたため、ひとりの時間などなかった。ド・ブロイ家には、膨大《ぼうだい》な蔵書と自由時間の両方がある。巷《ちまた》で人気の冒険《ぼうけん》小説を読《よ》み耽《ふけ》り、亡国の王女の不遇《ふぐう》な人生に感情移入して号泣《ごうきゅう》したとしても、誰《だれ》からも咎《とが》められない。

(つらい旅の果てにようやく愛する人を見つけたのね……ああ、なんてすばらしいの)

マルグリットがそんな幸福に浸《ひた》りきっていたところへ、ルシアンは現れてしまった。

ノックの音にマルグリットは飛びあがると涙《なみだ》を拭《ぬぐ》う。

「俺だ」

「は、はい、ただいま！」

いつものドレスにショールを羽織り、ドアを開ける。

「ルシアン様。なんの御用《ごよう》でしょうか」

「……」

ルシアンは答えない。眉《まゆ》を寄せ、こわばった顔つきでマルグリットの部屋を眺《なが》めている。

（こんな部屋に住まわされていたのか……まるきり使用人の部屋ではないか）

マルグリットの寝室《しんしつ》を離れに作ったということはユミラから聞いていた。住み込みの管理人が使っていた小部屋だということも一応は聞いた。

使用人にも身分の上下があり、執事《しつじ》などの上級使用人であれば家具付きの広い部屋が与えられる。ルシアンは図書室わきのその部屋がどのようなものかを知らず、それなりのものになるよう改装でも施《ほどこ》したのだろうと納得《なっとく》していた。

だが、自分の目で見たマルグリットの部屋は、扉《とびら》を開ければ全体が見渡《みわた》せてしまえるほど狭《せま》い一間だけの部屋で、家具はベッドと机、クローゼットしかない。

ついでマルグリットに視線を移すと、困ったようにルシアンを見返す彼女の目にはうっすらと涙が浮《う》かび、鼻の頭が不自然に赤らんでいる。

「……泣いていたのか」

「えっ、ああ、はい。本を読んでおりまして」

マルグリットは机に置かれた小説を示すが、ルシアンには咄嗟《とっさ》の嘘にしか思えない。

（やはり本心はつらいのだ）

当たり前だ、と自責の念に駆《か》られる。

クラヴェル伯爵《はくしゃく》や彼女の妹のように、明らかに敵対する態度をとるのならばこれほどの扱いを受けていたとしても自業自得《じごうじとく》だと突き放《つ　はな》すことができただろう。

（だが彼女はなにもしていない。ド・ブロイ家を貶《おとし》めるようなことはなにも）

むしろ王妃にとりなしてくれた。

そしてまた、晩餐会で着飾《きかざ》ったマルグリットの芯《しん》のある優雅《ゆうが》さを見たルシアンには、今のボロきれのような姿は不憫《ふびん》さを誘《さそ》うものであった。

「本当のことを言ってくれ」

（どうしたのかしら、ルシアン様……？）

部屋に入ろうともせずうなだれるルシアンに、マルグリットは焦《あせ》った。彼の早合点《はやがてん》を、マルグリットもまた理解できない。

「俺に言いたいことがあるだろう？」

顔をあげ、ルシアンは問う。

はじまりは互《たが》いに不本意な王家の命令であったが、彼女は考えうる限り最大の寛容《かんよう》さをもってそれに従った。なのにド・ブロイ家の誰もが彼女を手ひどく扱ったのだ。

どんな非難も受け入れる。

そう覚悟《かくご》をして正面から向きあったマルグリットは、不審《ふしん》げな表情をしていた。

(俺を信じてもいないのに、言えるわけがないか)

ルシアンは心の中で嘆息《たんそく》する。

だが、徐々《じょじょ》にマルグリットの表情は、想定外に明るいものになり、

「どうして知っているのですか⁉ わたしが、言えなかったこと……」

「考えればわかることだ。エミレンヌ王妃にはああ言ってくれたが、俺はこれまで君の意見に耳を傾《かたむ》けてこなかった」

「いいえ、そんな……では、言わせていただきますが」

マルグリットは頬《ほお》を染める。もじもじと指先をあわせてから、決心したように顔をあげ、

「わたし、ド・ブロイ領で、海が見たいのです‼」

「……は？」

「え？」

放たれた願いに思わず胡乱《うろん》な声をあげてしまったルシアンを、こちらも驚《おどろ》いた顔でマルグリットが見つめた。

ふたりのあいだに数秒の沈黙《ちんもく》が流れた。

見つめあう眼差《まなざ》しには互いの認識《にんしき》に齟齬《そご》があるらしいという確信が宿っているのだが、それがなんなのかはふたりともわからなかった。

口火を切ったのはルシアンだ。

「……領地へ行きたいのか」

「は、はい……」

「海……？」

「そうです。海を見るのが、わたしの夢で……」

「……そうか」

「はい……」

「そのためにド・ブロイ家に嫁いだのか？」

「ええと……」

マルグリットは思い返してみた。

一番の理由は王家からの命令であり、妹が嫌《いや》がったからなのだが、マルグリット自身の気持ちとしては、ド・ブロイ領に行けば海が見られるということが重要だった。

「そう……ですね。そういう期待も大きかったです……」

だから、素直《すなお》にそれを口にしたのだが、

（なんだろう、すごく空気が重たくなったような気がするわ……）

ルシアンの表情は真顔のまま、しかし微動《びどう》だにしない身体《からだ》からは形容しがたい威厳《いげん》というか凄《すご》みがただよっている。

「そうか……」

「……あの、わたし、間違《まちが》えましたか？」

おそるおそる尋ねるマルグリットに、ルシアンはため息をついた。

言いたいことがあるのではないか、というまわりくどい尋ね方がすでに自身の及《およ》び腰《ごし》を表していたと気づいたからだ。

「わが家での暮らしはどうかと気になっている」

「ド・ブロイ家での暮らしですか？　もちろん、すばらしいものだと思っております」

「……」

「……間違えましたか？」

「即答《そくとう》されると余計に立《た》つ瀬《せ》がないな」

マルグリットが本心からそう言っていることが、さすがにルシアンにも伝わった。

妻となった女性とのあいだになにやら認識の齟齬がある。それはわかった。問題は、それがどこから来るのかわからないということだ。

「君と俺とでは価値観の前提が大きく異なっているようだ」

「申し訳ありません……」

「謝ることではない。だが、俺には君が今の生活をすばらしいと言う理由がわからない」

ルシアンの言葉にしゅんと肩を落としていたマルグリットは顔をあげた。

「ああ、それなら、実家よりもよほどよい暮らしをさせていただいているからですわ」

だから気にしないでください、というつもりで。にこやかな笑顔《えがお》で、あっさりとマルグリットは告げる――それがふたたびの爆弾《ばくだん》発言とは気づかずに。

「実家よりもよい暮らし……？」

（あっ）

いっそう怪訝《けげん》な顔つきになったルシアンがマルグリットを見据《みす》える。

「待て、実家でどんな暮らしをしてきたというのだ？」

「それは……」

ド・ブロイ家での嫌がらせが生ぬるく感じられる程度の暮らしをしてきたのだが、それを告げることは、マルグリットが追い出されるようにして嫁いできた裏側を語るに等しく、今さらながらに失言だったと気づく。

口をつぐむも、時はすでに遅《おそ》く。

「お前の妹が言っていた……」

妹を出され、マルグリットの表情が初めて硬《かた》いものになった。

ルシアンの脳裏《のうり》に晩餐会でのイサベラの台詞《せりふ》がよみがえる。

――クラヴェル家では、厄介払《やっかいばら》いができてせいせいしておりますのよ。

あれは母ユミラへの意趣《いしゅ》返しなのだと、ルシアンは受けとっていた。クラヴェル家からすればマルグリットは不要な存在なのだと主張することで、ド・ブロイ家を貶めようとしていたのだと。

（まさか……本心だったのか？）

本心から、姉を邪魔者《じゃま》扱いし、宿敵であるド・ブロイ家に嫁がされ虐《いじ》め抜《ぬ》かれていることをよろこんでいたというのか。

ぞわ、と総毛立つような感覚――わきあがったのは、怒《いか》りだった。

殺気すら感じさせるルシアンの表情に、マルグリットは飛びあがりそうになる。

（怒《おこ》っていらっしゃる！　わたしが、クラヴェル家にとって価値のない人間だとわかったから……！）

ド・ブロイ家は一人息子《むすこ》、次期当主であるルシアンを夫とした。それに対して、クラヴェル家でも除《の》け者《もの》にされていたマルグリットが妻では、釣《つ》り合《あ》いがとれないのは当然。

「お許しください！」

ルシアンの足元に身を伏《ふ》せ、マルグリットは許しを請《こ》うた。ルシアンがぎょっとした顔になる。

「待て！　なぜお前が謝るのだ」

「それは──わたしが、クラヴェル家を代表する人間ではないからです。ルシアン様はいずれド・ブロイ家を継《つ》ぐお方。けれどもわたしは──」

マルグリットでは、いくらモーリスに友好的な態度を求めたとしても、モーリスは頑《がん》として応じないだろう。イサベラの言うことならなんでも聞くだろうに。

対するルシアンも、マルグリットの言葉に焦りを感じていた。なぜなら、彼の怒りの矛《ほこ》先《さき》は、クラヴェル家におけるマルグリットの立場に対してであるが──彼女が政治的に無価値だからではなく。

クラヴェル家が彼女を邪険《じゃけん》に扱っていたことが許せないからだ。

「……顔をあげろ」

おそるおそるルシアンを見るマルグリットにいつもの明るさはない。彼女はただひたすらにルシアンの心情を慮《おもんぱか》っては、自身がド・ブロイ家の役に立たないと心配している。

侍女《じじょ》も嫁入《よめい》り道具もなにもないままに嫁いできたマルグリット。

ずいぶんと手の込《こ》んだ当てつけだと思った。どうしてそのとき、彼女の立場を斟酌《しんしゃく》してやらなかったのか。

「……もしかして、わたしのことを可哀想《かわいそう》だと思ってくださったんですか……？」

顔をあげろと言ったまま黙《だま》り込んでしまったルシアンに、マルグリットが眉をさげる。

怒りの燃えたあと、悲しみに似た色が深海色の瞳《ひとみ》によぎったのを、マルグリットは見た。

ルシアンはまた顔をしかめた。可哀想などという他人行儀《たにんぎょうぎ》でなまやさしい感情ではないのだ、自分の胸に生じたものは。

「……なぜ笑っている?」

マルグリットは笑っていた。

室温にあたためられたクリームのように、やわらかくふんわりとした、それでいてどこか儚《はかな》げな貌《かお》で。

「えっ、いえ、最近、つい笑ってしまうことが多くて……申し訳ありません」

マルグリットはまた顔を伏せた。まさか、心配されるのが嬉《うれ》しかったとは言えない。シャロン以外の誰かに心配してもらったのは初めてかもしれない。

だがその内心はルシアンに伝わってしまったようだ。

「クラヴェル家のやつら、野蛮《やばん》な連中だと思ってはいたが、まさか自分の娘《むすめ》を——」

「まあまあ。父や妹に悪気は……あるんですが。ほら、物語にはよくあることですし」

「よくあることではないから物語になっているんだ!」

先ほど読んでいたという本を指さされ、ルシアンは思わず大声をあげてしまう。ハッと我に返るも、マルグリットは変わらずに笑っている。この程度の怒声《どせい》には慣れっこなのだ。

それがわかるようになるとますます怒りは強くなる。

(俺は、どうしてこんなに……)

困惑《こんわく》するルシアンを見上げ、マルグリットのほうも真面目な顔を作ろうとがんばっているのだが、どうしても口元がゆるんでしまう。

（やっぱりルシアン様はやさしいお方だわ）

自分の推測は正しかったのだ。夫になった人はやさしい人だった。ただそれだけ、と言われるかもしれないが、マルグリットにとっては涙が出るほど嬉しい事実だった。

ほかほかと湯気を立てそうに頬を上気させて、マルグリットは笑った。

「ルシアン様と結婚《けっこん》できて、わたしはとっても幸せです」

「――‼」

「ルシアン様？」

「……だ」

「え？」

絞《しぼ》り出すような声が聞こえた。ルシアンの目が据《す》わっている、ような気がする。なんだろうかと近よったマルグリットの耳に、今度ははっきりと、

「移動だ」

そう告げる低い声が聞こえた。

ルシアンの鶴《つる》の一声で、瞬《またた》く間《ま》に部屋の移動が行われた。

といってもともとからマルグリットの私物はほとんどない。晩餐会で着たドレスはこんなところには置いておけないとユミラの預かりになっているし、隠《かく》されたドレスや靴《くつ》の半分はまだ見つかっていないので、嫁いできたときよりもさらに身軽になっていた。

マルグリットはいまだに首をひねっている。

(王家の方々の目もある手前、わたしの生活を調《ととの》えざるをえないのだわ)

エミレンヌの問いを思い返してそう考え、ほかの者には聞こえないようにそっと、

「あの、ルシアン様、このようなことをしていただかなくともわたしはド・ブロイ家に不利になるようなことを言ったりしません」

と囁《ささや》いたのだが、ルシアンは余計に眉をつりあげて口をつぐんでしまった。

(とにかく黙って言うとおりにしろということね)

新しい部屋はルシアンの部屋の隣《となり》に定められた。

使用人たちが働きまわって、木目の艶《つや》も美しい鏡台や戸棚《とだな》がてきぱきと設置され、金装《そう》飾《しょく》の施された時計が壁《かべ》にかけられ、繊細《せんさい》な文様の描《えが》かれたティーセットが幾《いく》組も硝子棚《ガラスだな》に飾《かざ》られた。

調えられてゆく部屋を監督《かんとく》していたルシアンは、やがてマルグリットへ歩みよると、片《かた》膝《ひざ》をついてマルグリットの手をとった。

「これまでの扱い、申し訳なかった。ド・ブロイ家次期当主として、不在の父に代わり謝

罪する」

「え……っ」

凄みのある表情と声は、理解をわずかに遅《おく》らせた。

「えっ、ええっ⁉　ルシアン様⁉　顔をあげてください！　許すもなにも、むしろわたしがこんなところに住まわせていただいて、本当にいいのですか？」

「当然だ。ここは妻になる者の正式な寝室だ」

（正式な場所なら、わたしがいたらだめなんじゃないかしら⁉）

まだ驚き続けているマルグリットの前で、ルシアンは壁のドアを指さす。

「あのドアは俺の寝室につながっている」

ルシアンがぐっとなにかを呑《の》み込むような顔になった。

「開かないように鍵《かぎ》をかけておく」

「はい、わかりました」

立ち入るなという意味だろう、とマルグリットは受けとった。

（一応環境《かんきょう》は調えてやるけど、正妻面するなってことよね⁉）

混乱しているうちにすべての準備は調ったらしかった。使用人たちはそそくさと部屋を出てゆき、あとにはルシアンとマルグリットが残る。

見まわした部屋は、まるで夢のようだった。どこもかしこも磨き抜かれて煌《きら》めいた部屋は、マルグリットには見慣れぬもので、現実離《げんじつばな》れした美しさがあった。

両手を広げ、くるりとまわると、空気を含《ふく》んだスカートがやわらかくはためく。弾む胸のままに、歌いだしたい、踊《おど》りだしたい気分——と考えかけて、ハッと気づく。

「も、申し訳ありません」

ルシアンは目を細めてマルグリットのよろこびように見入っていたのだが、深々と頭をさげられると、すぐに顔をそむけた。

「素敵《すてき》なお部屋を用意していただきありがとうございます」

「礼には及ばない。……君は俺の、妻なのだから。明日はドレスを用意させる」

そのまま、顔をあげる前にルシアンは背を向けて立ち去ってしまったから、やはりマルグリットから真っ赤になったルシアンの顔は見えなかったし、赤くなった耳の先も、黒髪《くろかみ》に隠れて気づかなかった。

マルグリットの生活は一変した。次期公爵夫人《こうしゃくふじん》らしくなった、と言ってもよいだろう。

「し、白い……‼」

新しい部屋の新しいベッドの前で、マルグリットは緊張《きんちょう》に顔をこわばらせていた。

ベッドに敷《し》かれたシーツは、これまでの少し薄汚《うすよご》れたシーツではなく、皺《しわ》ひとつない純白のシーツだった。マルグリットのために新品をおろしたのだから当然だ。

（横たわるのが勿体《もったい》ない……！）

着古してよれた寝間着《ねまき》で乗りあげていいものではないと思う。この部屋で、マルグリットだけが浮いている。

（こんな暮らしをされていて、わたしを見たら、ユミラお義母様《かあさま》も怒るはずだわ……）

嫁いできて初めて、マルグリットは眠《ねむ》れぬ夜をすごした。

そのうえ、翌日の夕暮れには、ルシアンは宣言どおり大量のドレスや装飾品を運び込んだのだった。


「これを……わたしにですか……？」

マルグリットが呆然《ぼうぜん》と見つめる先には、ドレスに靴に、髪飾《かみかざ》りやブローチなどの宝飾《ほうしょく》品、化粧《けしょう》道具、そのほかありとあらゆるもの。

そして、それらの前に立ち、憤怒《ふんぬ》の形相で花束を抱《かか》えているルシアン。

（これはいったい、どういうことかしら……）

状況《じょうきょう》を素直に受けとれば夫ルシアンから妻マルグリットへの贈《おく》りものの数々なのだが、赤い顔で眉を寄せ唇《くちびる》を引きしめるルシアンの表情がそれを否定していた。

不本意な出費をさせられて怒っているのだろうか。だとしたら申し訳ない。

「……嬉しくないのか？」

低い声が部屋に落ちた。ルシアンはうなだれるように花束に顔を埋《うず》めてしまう。

「いえ、まさか！　ありがとうございます。ルシアン様。とても嬉しく思います」

マルグリットが笑顔を見せるとルシアンの表情が和《やわ》らいだ。水色や黄色の花々をかわいらしくまとめた花束は派手さはないが可憐《かれん》で、ルシアンの黒髪によく映《は》えた。

どきん、と鼓動《こどう》が鳴る。理由を考える前に花束がさしだされた。

「なら、受けとってほしい。これまでの詫《わ》びだ」

花束の向こうに見えるのは、真剣《しんけん》な表情のルシアン。まっすぐにマルグリットを見つめる深海色の瞳が、彼の望みを示しているような気がした。

（怒ってはいらっしゃらないのだわ）

マルグリットの両手が花束を抱えるように受けとる。近づいた距離《きょり》にまた鼓動が騒《さわ》ぐ。

ルシアンがどこかほっとしたような顔をしているのはマルグリットの思いすごしだろうか。と、ルシアンは背後をふりむき、

「では始めろ」

「あっ！」

ルシアンの声に使用人たちが品物を室内へ運び入れる。これまでのやりとりを見られて

いたのだと思うと気恥《きは》ずかしく、マルグリットは頬を染めて俯《うつむ》いた。

クローゼットに数えきれないほどの衣装《いしょう》が詰《つ》め込まれてゆく。

「待て」

メイドを呼び止め、ルシアンは彼女の持っているドレスを検分した。

「これは肩が開きすぎている。だめだ。こんなに肌《はだ》を見せるなんて……」

たしかに大胆《だいたん》なデザインのドレスだった。赤い薔薇《ばら》をあしらった胸元《むなもと》を強調するようにして、肩や腕《うで》の露出《ろしゅつ》も多い。地味なマルグリットには似合いそうにない。

メイドはドレスを持って部屋を出ていく。

様子を見ていたマルグリットと目があうと、ルシアンはばつの悪そうな顔になった。

「……選んだときは、いいと思ったんだ……君の凛《りん》とした立ち姿に似合うと」

「ルシアン様が選んでくださったのですか？」

答えはない。ルシアンはぷいと横を向いてしまった。

別のメイドはベルベットの敷かれた小箱に耳飾《みみかざ》りを収めている。スカーフやショールにも真珠《しんじゅ》や小粒《こつぶ》の宝石がちりばめられていて、見ているだけで目が眩《くら》みそうだ。

イサベラもこんなに多くの宝飾品は持っていなかった。酒を飲んだモーリスは、もとは同格の家柄《いえがら》のくせにとくだを巻いていたけれど、公爵家となるだけの力がド・ブロイ家にはあったのだ、と今さらながらに知る。

ドレスを検分し終わったルシアンが戻ってくる。

「明日からは身支度《みじたく》をして食堂へ来るように。……いや、俺が迎《むか》えに来る」

「ありがとうございます。こんな、過分な待遇……」

マルグリットは頭をさげた。

「過分ではない。当然の待遇だ。これまでが悪かった……申し訳ないと思っている」

ルシアンの表情に翳《かげ》りが落ちる。なんだか空気まで重くなったような気がして、マルグリットは慌《あわ》てて手を振《ふ》った。

「お気になさらないでください。本当に感謝しております」

「そうか。……では」

「はい、また明日の朝に。お待ちしておりますね」

ルシアンはふらふらとした足取りで部屋を出ていった。

扉が閉まったあと、顔を赤くしたり青くしたりしながら歩く主人を使用人たちが懸命《けんめい》に支えていたことを、マルグリットは知らない。


翌朝、いつもならばマルグリットをキッチンへ連れていくはずのアンナは、早めの時刻に部屋へ入ってきて、着替《きが》えを手伝った。

終始しかめ面だったもののアンナの手際《てぎわ》はてきぱきとしていて、彼女がキッチン付きのメイドではなかったのだということを、マルグリットはそのとき初めて知った。

「わたし、ルシアン様のこと、諦《あきら》めませんから。いつか侍女頭になって、あなたより重宝されてみせます」

キッと睨《にら》みつけられ、だがそのあいだも手は素早《すばや》く動き、マルグリットを美しく仕立てあげようと奮闘《ふんとう》する。今日のドレスはマルグリットの髪《かみ》の色にもあう薄《うす》い色合いのもの。派手になりすぎないよう慎重《しんちょう》に首飾《くびかざ》りを選び、ショールを羽織らせる。

アンナは仕事の手を抜いていない。そのうえで、正々堂々と勝負を宣言したのだ。

「うん！」

「だから、そんなだらしない顔を……」

嬉しくて笑顔になると、呆《あき》れたようにため息をつかれた。最後に花を象《かたど》った髪留めをまとめた髪に添《そ》えられて、

「ほら、できました。もうルシアン様がいらっしゃいますよ」

アンナのその言葉と同時に、ノックの音が届いた。

部屋を訪《おとず》れたルシアンはマルグリットの姿に言葉を失ったようだ。

（アンナが髪も整えてくれたし、自分では思いのほか似合っていると思うのだけれど……

やっぱり変なのかしら）

不安げに見上げると、目があった瞬間《しゅんかん》にルシアンは眉を寄せ、顔をそむけてしまう。

（顔も見たくないほど嫌《きら》われているのかしら？）

昨日は距離が近づいたような気がしたのに、やはりルシアンにとってマルグリットは敵の家の娘なのだろうか。そう考えると胸の内を木枯《こが》らしが吹《ふ》いたような気持ちになる。

美しいドレスを身にまとったマルグリットをお気に召《め》さなかったのは、ユミラ夫人も同様だった。

食堂に現れたマルグリットを見るなり、きゅっと眦《まなじり》がつりあがり、手にした扇《おうぎ》はテーブルに叩きつけられて甲高《かんだか》い音を立てる。ルシアンが贈った中でも控《ひか》えめなドレスに最低限の飾りだけをつけたのだが、貧相《ひんそう》な姿のマルグリットを見慣れていたユミラにはそれらは実際より一〇倍も豪華《ごうか》に見えた。

「まあ、なんですのその派手でけばけばしい格好は！　これみよがしに宝石をくっつけて、いやらしい……！　伯爵家はあなたにドレスの選び方も教えなかったの!!」

あっと思ったときには遅かった。

「お義母様！」

「な、なによ……」

これまで口答えをしたことのないマルグリットに呼びかけられ、ユミラ夫人は反射的に口をつぐむ。

数秒の沈黙が支配した食堂に、

「それは……俺が選んだのです……」

悄然《しょうぜん》としたルシアンの声が落ちると、さすがのユミラも黙らざるをえなかった。

その朝、ルシアンはいつもより覇気《はき》のないように見え、マルグリットは嫁いできて初めて、針の筵《むしろ》に座ったような気分で食事の時間をすごしたのだった。


ユミラ夫人から酷評《こくひょう》された身なりについては、食事を終え、いっしょに席を立ったルシアンが、

「似合っている……と、俺は思う」

と言ってくれたために、マルグリットの不安はなくなった。

満面の笑《え》みで「ありがとうございます！」と答えたらルシアンが苦いものを飲み込んだような顔になっていたのが気にかかるところだが、励《はげ》まそうとしてくれた気持ちを素直に受けとろうとマルグリットは決めた。

着ているものが汚《よご》れてもよいドレスではなくなったので、手伝いをすることはもうできない、と謝ると、使用人たちはぶんぶんと首を振った。

「いえっ、もう妻にあんなことはさせるなと、ルシアン様からご命令ですのでっ」

「そうなのね」

なにもかも初めてのこと尽《づ》くしだ。

生活が劇的に変わった理由は、マルグリットをどう扱うかというルシアンの方針が劇的に変わったからだというのはわかる。

だが、なぜ方針が劇的に変わったのかは、あいかわらずわからないままだ。

（きっと、ルシアン様がとってもやさしいお方だからでしょうね）

残念ながら、数年間にわたり人間関係が崩壊《ほうかい》していた実家の影響《えいきょう》で、適切な距離感というものがマルグリットには把握《はあく》できなかった。モーリスやイサベラに比べれば、ほとんどの人間は「とってもやさしい」。

そんなわけで、ルシアンから示されたものが厚意《こうい》なのか好意なのかの区別は、マルグリットにはつかなかった。


数日後のド・ブロイ公爵邸《こうしゃくてい》では、ルシアンが、友人ニコラス・メレスンと向かいあっていた。

ニコラスはメレスン侯爵《こうしゃく》家の長男であり、いずれ当主を継ぐ立場にある。ルシアンの同級でもあり、幼いころから王都に暮らしている彼らは親しい関係だった。

先日の晩餐会にもニコラスは顔を見せている。

「ふたりで会うのは久しぶりだな、お前から呼ばれるとは思わなかった」

ソファに背を沈《しず》めくつろぎながらニコラスは眉をあげて笑ってみせた。話したいことがあるという手紙を受けとったときは、驚いた、というのが半分、政敵の娘との慣れぬ結婚生活に苦労しているのだろうという推測が半分。

そしてそれは当たっていた。ルシアンはわずかに頬を赤らめ、憮然《ぶぜん》とした表情で腕を組んで、ニコラスと目をあわせようとしない。

（こんなルシアンは初めてだな）

相当参っているらしい。どちらの意味にかはわからないが。

「ごにょごにょと世間話をしてもしょうがないだろう？　さっさと用件を言えよ」

遠慮《えんりょ》のない口調でニコラスが言うと、ルシアンは目を泳がせた。

「ちょっと待っていてくれ」

「なんだ？」

応接室のドアがノックされたのは、そのときだった。

「失礼いたします」

静かにドアを開けて入ってきたのは、妻マルグリットと、数人のメイドである。メイドたちが軽食と飲み物の準備をして立ち去ると、マルグリットも一礼をした。

空色と深青のコントラストの美しいドレスは、この日のためにという名目でルシアンがもう一着あつらえたのだが、もちろんニコラスには知る由《よし》もない。

頭をあげたマルグリットはにこりと笑った。

ニコラスとの挨拶《あいさつ》は晩餐会ですませてある。夫の友人に対し、妻が姿を見せ、もてなしをするというのは、なにも不自然ではない。実際マルグリットの態度はそつなく、ニコラスも身体を預けていたソファから立ちあがると恭《うやうや》しく会釈《えしゃく》をした。

「お久しぶりでございます、ニコラス様」

「ええ、マルグリット様もお変わりなく……いいえ、以前よりお美しくなられたかな」

「まあ、ニコラス様ったら」

笑いあうふたりにルシアンが顔をしかめた。

「もういい」

「はい、失礼いたしました。ごゆっくりと、ニコラス様」

不機嫌《ふきげん》さのわかる声を気にした様子もなく、マルグリットはふたたび優雅に礼をすると、部屋を出ていく。にこにことマルグリットを見送ったニコラスは、ソファに戻り、友人の顔つきにぎょっとした。

ルシアンの周りの空気がどす黒い。皺の寄った眉間《みけん》と細められた目が凶悪《きょうあく》なオーラを放つ。整った顔立ちが冷たい印象を与えるのはもとからとはいえ、普段《ふだん》の比ではない。

王命による政略結婚にしては悪くない妻だと思ったが、ルシアンには納得がいかないのだろうか。

「どう思う」

やがておもむろに口を開いたルシアンが、押し殺したような声で尋ねる。

「なにが？」

「彼女のことだ」

「どうって……派手さはないけど落ち着いていて、君にはぴったりじゃないか？」

「そうか」

「……え？」

ニコラスは瞠目《どうもく》した。心なしかルシアンの頬が赤い。先ほどまでの殺気じみた凶相《きょうそう》は消え、気まずそうに視線を逸らしている。妻を嫌っているわけではないらしい。

こんなルシアンは初めてだ。二度目にそう思うに至り、ニコラスはおぼろげながら真実をつかみかけていた。

「王家からの命令で渋々《しぶしぶ》結婚したんだろう？」

「そうだ」

「でも思ったよりはいい娘だ。こっちを嫌っているわけでもなさそうだし、愛想《あいそ》もいい」

「そうだ」

「なんの問題もないじゃないか」

「ある」

またどす黒い殺気が戻ってくる。

「実家で、悲惨《ひさん》な目に遭《あ》っていたらしい」

（……いや、それが君になんの関係があるんだ？）

喉元《のどもと》まで出かかった質問を嚙《か》み殺《ころ》し、ニコラスは視線で話の続きをうながした。余計な茶々を入れてはいけないと直感が告げていた。

マルグリットが実家での暮らしについて口を滑《すべ》らせたあの日以降、ルシアンはマルグリットと話をする機会を持った。クラヴェル家での生活を根掘《ほ》り葉掘り聞いてくるルシアンに、マルグリットは困った顔になっていたが、父や妹にド・ブロイ家よりもひどい嫌がらせを受けていたことだけは遠まわしに認めた。

「ルシアン様が結婚してくださらなかったら、わたしは未婚《みこん》のまま、妹の補佐として家にいたと思います」

もともとモーリスはイサベラに婿《むこ》をとり、家督《かとく》を継がせる気だったという。ド・ブロイ家との結婚が決まり、断腸の思いで長女マルグリットをさしだしたわけではなかったのだ。

マルグリットに執事の代わりをさせ、領地や家の管理を補佐させながら、イサベラの子どもたちが伯爵位を継いでゆく。モーリスが考えていたのはそんな未来だった。

（そんなもの、飼い殺しではないか）

口をついて出かかった非難はあまりにも残酷《ざんこく》で、ルシアンは言葉を押し殺した。

絶対に誰にも言わないようにお願いします、と口止めされたからニコラスにも詳細《しょうさい》は明かさない。しかしルシアンの胸には今でも憤《いきどお》りが燻《くす》ぶり、自分でも持て余している。

最もルシアンを苛立《いらだ》たせるのは、本人があっけらかんとしすぎていることだ。父や妹の非道な行いが醜聞《しゅうぶん》になるとは理解しながら、マルグリットは復讐《ふくしゅう》心を欠片《かけら》も持ちあわせていない。

黙り込んだルシアンに、ニコラスは腕を組んで天井《てんじょう》を仰《あお》いだ。

「はあ……なるほどなあ。深くは聞かんが、よほど酷《ひど》い扱いを受けていたんだな」

「ずいぶんとものわかりがいいな」

「いや君の顔を見ればね……地獄《じごく》の魔物《まもの》みたいな顔してるぞ。怖《こわ》くて聞けないよ」

「望めばド・ブロイ家の総力を挙げてあの家を叩き潰《つぶ》してやるものを、あいつは望まないのだ」

「そりゃあ、まあ、王命に背《そむ》かせることになるからな」

妻の不憫な過去にルシアンが怒りを感じているのはニコラスにもよくわかった。

（しかし、結局のところ、今日の用件はなんなんだ）

まだ話が見えないと内心不思議がるニコラスの前で、ルシアンはまだむっつりと唇を引き結んでいる。しばらくしてじろりと睨むように視線をよこし、

「どうしたらいいと思う？」

「……なにが？」

今日のルシアンはやはりおかしい、とニコラスは嘆息する。長年の確執《かくしつ》のせいで、クラヴェル家に対する攻撃心《こうげきしん》が刺激《しげき》されてしまうのだろうか。

利害関係のない部外者からすれば答えは一目瞭然《いちもくりょうぜん》だ。

「べつに復讐なんかせずに、君が奥さんを幸せにしてやればいいだけの話だろう」

まっとうなことを言ったつもりだったのに、ルシアンの表情はまた険しくなった。

「……もう、十分に幸せだと言うのだ」

「ただの惚気《のろけ》じゃないか」

「幸せなわけがあるか。わが家でも母からひどい扱いを受けている。なのに心底嬉しそうに俺を見るのだ」

「……それはたしかに、もどかしいな」

ニコラスも腕を組んで頷《うなず》いた。幸せに気づかないというのも悲しいものだが、不幸せに気づかないのも端《はた》から見れば切ない。

「好きな相手ならなおさらだな」

「……は……？」

瞬間、空気が止まった。

ルシアンが目を見開いてニコラスを見る。

遅れて、今日さんざん感じていた違和感《いわかん》の正体にニコラスは気づいたが、もはやどうすることもできず。

諦めと呆れの境地に達した彼は、ソファに身を沈め、友人が現実を受け入れるのを眺めていた。

驚愕《きょうがく》の表情のまま固まってしまったルシアンの顔が、徐々に赤く染まっていく。同時に眉根《まゆね》が深く寄り、唇も歪《ゆが》んでいったため、見ようによっては憤怒の形相である。

おそらく彼の脳裏にはこれまでのことが目まぐるしくよぎっていることだろう。

（だから話が噛みあわなかったのか）

まさか自分の恋心《こいごころ》を自覚していなかったとは。

ルシアンはまだフリーズしている。

（そういえば昔から色事にはとことん疎《うと》いやつだった）

幼いころから秀麗《しゅうれい》な見た目は数々の令嬢を引き寄せたが、実利を求める本人の性格と、教育というよりは監視《かんし》のような母ユミラの庇護《ひご》もあり、ニコラスもあえて女遊びに誘ってやろうとは考えなかった。

マルグリットのような令嬢が似合いだと考えたのは当たりだったわけだが、

（素直にイチャつけるとも思えんなあ……）

菓子と紅茶に舌鼓《したつづみ》を打ちつつ待っていると、古村に伝わる魔除《まよ》けの置物のような顔をしていたルシアンがやっと口を開いた。

「俺は……」

「うん、なんだ」

「……お前を愛するつもりはないと、言ってしまった」

「それはまた……」

なんといっても長年の政敵である。先手を打って相手の鼻っ柱をへし折ってやろうと考えた気持ちはわからなくもない。それにしても馬鹿なことをしたものだと呆れながら、彼女ならそれも許してくれそうだとも思う。

「彼女はなんて言ったんだ」

「〝わたしもあなたを愛する気はありませんので、どうぞご心配なく〟」

ニコラスの問いに答え、ルシアンは一言一句違《たが》えずに答えを告げる。

その瞬間、盛大《せいだい》に噴《ふ》きだされた紅茶がルシアンの顔面を襲《おそ》った。

第四章◆変わり始めた公爵家

幼いころの記憶《きおく》はおぼろげにしか残っていない。

ルシアンはいつも母ユミラといた。

父アルヴァンは広大な公爵《こうしゃく》領の管理に忙《いそが》しそうで、食事時に家族三人がそろうことはほとんどなかった。なにより、ユミラはアルヴァンがルシアンと関わることを嫌《いや》がった。

家庭教師はユミラが決めた。同じくらいの年齢《ねんれい》の子どものうち、交流を持ってよい相手もユミラが決めた。クラヴェル家の者やその親類、親しい相手には近づいてはいけません、とユミラは口を酸《す》っぱくして教えた。

「公爵家は臣下のうち最上の家格、だからこそ先代国王陛下もわたくしを嫁《とつ》がせたのです。あなたは公爵家の一人息子《むすこ》なのだから、いずれ公爵家を継《つ》ぐ者として、恥《は》ずかしくないふるまいをせねばなりません」

ルシアンはそんな母の期待を裏切らずに育ったといえる。年頃《としごろ》の少年が嵌《は》まるような無《む》謀《ぼう》な冒険《ぼうけん》にも、節操のない誘惑《ゆうわく》にも無関係だった。儀礼《ぎれい》や領地の経営について学び、馬術や剣術《けんじゅつ》も修めた。

あとから思えばその動機は、ユミラではわからない分野に手を出すことで、アルヴァンの気を惹《ひ》きたかったのだ。妻の怒《いか》りを恐《おそ》れるアルヴァンも、研鑽《けんさん》を口実にすれば丁寧《ていねい》に教えてくれたから。

「父上、グアソンはオーバル湖の南です。都市から物資を運ぶには船がいるのではありませんか」

「ああそうだ。馬だけでなく船も手配しなければならないね。ルシアンはわたしと違《ちが》って物覚えがいいな」

地図を広げて指さすルシアンをアルヴァンは目を細めて褒《ほ》め、頭を撫《な》でた。ユミラなら「もうそんな歳《とし》じゃない」と拒絶《きょぜつ》したであろう扱《あつか》いにも、ルシアンは黙《だま》ってされるがままになった。大きな手はぎくしゃくと動き、親子の隔《へだ》たりを感じさせたけれども、同時にそれを埋《う》めてくれるものだった。

社交界に出たルシアンは、整った顔立ちと次期公爵という地位とで、令嬢《れいじょう》たちからもてはやされた。しかしユミラが交際を禁じたために、ルシアンが彼女たちと親交を深めることはなかった。

「ルシアンには王家から妻をいただきましょう。ちょうど年頃の王女殿下《でんか》がいらっしゃいますもの」

決定事項《じこう》のように言うユミラにうすら寒いものを感じたのは、ルシアンが成長した証《あかし》であっただろう。会ったこともない王家の反応はルシアンには予想できなかった。反対をしない父親に倣《なら》い、彼も口をつぐみ、これまでと同様に母の決定に任せた。

数年のあいだ、母は王家に働きかけをしていたようだったが——。

「……クラヴェル家との縁談《えんだん》が決まった」

ある日、アルヴァンは憂鬱《ゆううつ》そうな面持《おもも》ちでそう告げた。

「ありえませぬ!! あんな……あんな下賤《げせん》の家と!!」

ユミラのように悲鳴をあげることはなくとも、ルシアンも表情をこわばらせる程度には衝撃《しょうげき》を受けた。王家から妻を、とくりかえしていた母の言葉は、いつのまにか心に刷り込まれ、今さら伯爵令嬢《はくしゃくれいじょう》、おまけに敵の家の娘《むすめ》などと言われては、

(王家は、ド・ブロイ公爵家を軽《かろ》んじているのではないか……)

そんな疑念が浮《う》かんでもくる。

「もう決まったことだ。公爵家だからこそ、王家の命には逆らえぬ。下の者に示しがつかぬであろう」

「あの家はいったいどんな無恥《むち》な顔をして娘をさしだしてくるというのです。伯爵家が! 公爵家に! 向こうから辞退するべきでしょう」

「……そうした反目が引き金になったのではないか」

父であり当主であるアルヴァンの冷静な態度がルシアンをどうにかつなぎとめた。そうでなければユミラとともに激昂《げきこう》していたかもしれない。

「あちらは娘ひとりだ。くれぐれもそれを忘れてやるなよ」

いつになく真剣《しんけん》な顔で釘《くぎ》を刺《さ》されたものの、結局のところルシアンはアルヴァンの忠告を忘れた。婚礼《こんれい》の式が終わりやってきたマルグリットは、ほとんど荷物もなく、まるで家出娘のような格好をしていたからだ。

（そこまで不満ならば縁談を辞退すればよいものを）

自分たちを棚《たな》にあげて、ユミラとルシアンは腹を立てた。

——それが、まさか、その娘に恋《こい》をしてしまうとは。

ルシアンには思ってもみなかったことだった。

はじめに突《つ》き放《はな》したのは、マルグリットの態度がド・ブロイ家に取り入ろうとするものだと思い込んだからだ。だがやがてルシアンは自分の態度が抱《かか》える矛盾《むじゅん》に気づいた。

みすぼらしい身なりでみすぼらしい部屋に住みながら、マルグリットは生活を楽しんでいる。愛する気はないと言ったくせに、ド・ブロイ家のために動く。

マルグリットは海が見たいと顔を輝《かがや》かせる。ユミラが低俗《ていぞく》だと言い捨てた小説を読んで、涙《なみだ》を流して感動している。

そんな彼女を見ていたら、今になって、自分にはなにもないのだと気づかされてしまった。言いつけどおりに生きてきただけで、恋心すら指摘《してき》されるまでわからなかった自分は、恋を自覚してなお、どうすればいいのかもわからない。

なのに、心はマルグリットの笑顔《えがお》を求めている。

——やっぱりルシアン様は、やさしいお方ですね。

——ルシアン様と結婚《けっこん》できて、わたしはとっても幸せです。

マルグリットの言葉を真実にしてやりたい。

それはつい先日脆《もろ》くも崩《くず》れ去《さ》った決意であったが、今やルシアンの願いになっていた。

ニコラスの訪《おとず》れた日から、ルシアンの様子がおかしい。

「おはようございます、ルシアン様」

朝食の迎《むか》えに訪れたルシアンに挨拶《あいさつ》をすると、ルシアンは眉《まゆ》を寄せて唇《くちびる》を歪《ゆが》めた。

「あの、なにか気に障《さわ》ることをしてしまっていますか？」

おそるおそる尋《たず》ねるマルグリットに、ルシアンは息を詰《つ》めて顔を赤くした。まとう空気は重苦しい。

てしまった。

（激怒《げきど》だわ！）

原因はわからない。距離《きょり》は縮まっていたように思うのだが、ここへきて一足飛びに開いてしまった。


（わたしのご挨拶がなにか悪かったのかしら……）

あの日、帰りがけにニコラスが「君たちも大変だね」と肩《かた》をすくめていた。

ひとりで客人を見送り、後片付けのために応接間に行くと、なぜかルシアンはびしょ濡《ぬ》れで、腕組《うでぐ》みをしたまま天井《てんじょう》を仰《あお》いでいた。

「まあ！　どうしたのですか」

驚《おどろ》いてハンカチをあてようとした手を握《にぎ》られた。表情は今と同じ憤怒《ふんぬ》の形相である。

「自分でやる」

それだけ言うと、ルシアンはふらふらと立ちあがり、応接間から出ていってしまった。

マルグリットに見られたのが嫌で、放っておいてほしいのかもしれない。

仕方なくマルグリットはメイドたちといっしょに濡れたテーブルや床《ゆか》の始末をした。ルシアンがかぶった液体はぬるくなった紅茶だったが、ルシアンの紅茶は手つかずで残っていて、マルグリットは首をかしげた。

（ニコラス様がルシアン様にお茶を……？）

しかし諍《いさか》いがあったのだとしたらあれほどにこやかにニコラスが帰っていくのもおかし

いし、ルシアンがなにも言わずじっと座っていたのもおかしい。

(わたしにはわからないことばかりだわ)

そんなマルグリットはしょんぼりと肩を落とした。

マルグリットを見下ろして歩きながら、ルシアンは己《おのれ》の絶望的な対応に頭を抱えたい気分だった。感情を表に出すまいとすると、どうしても表情が険しくなる。だが隠《かく》していなければ、マルグリットとのこれまでやニコラスの呆《あき》れ顔《がお》がよみがえってきて、穴でも掘《ほ》って埋まりたくなってしまう。

ふとマルグリットが顔をあげた。

「!」

目があった瞬間《しゅんかん》、口元に手をあて、ルシアンは視線を逸《そ》らした。マルグリットは眉をさげなにか言いかけていた口をつぐむ。

(愛するつもりはないと言ったのに、愛してしまった)

(やはり、怒《おこ》っていらっしゃる……)

寄《よ》り添《そ》って歩くふたりは、すれ違い続けていた。

ノエル・フィリエ第三王子がド・ブロイ公爵邸《こうしゃくてい》を訪れたのは、そんな折のことだった。

並んで出迎《でむか》えたルシアンとマルグリットに、ノエルはにこりと笑いかけた。

これまでほとんど表情を変えなかった第三王子の笑顔に不意を突かれたような気持ちになっていると、

「母上といっしょにいるときはなるべく影《かげ》に徹《てっ》しているんだ。目立たないように」

「そうなのですね……」

たしかに、エミレンヌの勢いに圧倒《あっとう》され、ノエルについてはあまり印象に残らない。

しかし自覚的にその立ち位置を確保しているのならば、ノエルもなかなかのくせ者であるということに思える。

(今日はどんなご用事でいらっしゃったのかしら……?)

緊張《きんちょう》するルシアンとマルグリットの内心を察したらしい、ノエルはぱっと笑顔を大きくし、両手を広げた。

「もちろん今日来たのも悪い話じゃないよ。個人的な結婚祝いも持ってきたし」

ノエルの言葉にあわせて従者が直方体の包みをさしだした。

「開けてみて」

ずっしりと重みのある中身は、数冊の本。

「か、『海洋冒険譚《ぼうけんたん》』上下巻セット‼　しかも別巻まで！　本当にいただいてよろしいのですか……⁉」

歓喜《かんき》の悲鳴をあげたのはマルグリットだ。驚いてふりむいたルシアンにも気づかず、本の表紙を眺《なが》めている。世界中の海にまつわる冒険の記録を集め、挿絵《さしえ》を施《ほどこ》したという書物で、希少価値の高さゆえにド・ブロイ家の図書室にもなかった。様々な本がこの書物を引用しているため、いつか読んでみたいと憧《あこが》れだったのだ。

「でも、どうしてわたしがこの本を欲《ほ》しがっていたと……？」

誰《だれ》にも言ったことがないはずなのに。不思議そうに見上げるマルグリットにノエルはふっと笑いを漏《も》らしたが答えてはくれない。

「ルシアンにはこれだ」

ふたたび従者が歩み出る。さしだされたのは覆《おお》いをしたバスケットだ。上部にリボンがついていて、中からがさごそと音がする。

（なんだか動いているような……？）

これも重みのありそうなバスケットを受けとると、ルシアンはさらなる緊張を表情に走らせた。中身の予想がついているようだ。と、ガサッとひときわ大きな物音が立ち、バスケットの蓋《ふた》が開く。尖《とが》った耳がにゅっと飛び出した。

「ミャ〜ン」

顔を出したのは、青みがかった栗色《くりいろ》の、長い毛足の仔猫《こねこ》だった。くるりとした瑠璃《るり》色の目とピンと立った耳がかわいらしい。

猫は正面からルシアンを見つめ、もう一度「ミャ〜ン」と鳴いた。

「ルシアン様……猫ちゃんがお好きなのですか？」

ルシアンは顔を赤くして呆然《ぼうぜん》としている。

誰にも言ったことのない願いだったのだろうとマルグリットは思った。

（計り知れない方だわ……）

王妃《おうひ》の陰《かげ》に隠れて、いったいどのような情報収集をしているというのだろうか。恐れすら混じり始めたふたりの視線を受けつつ、ノエルはなんでもないことのように笑う。

「あはは、そんな目で見ないでよ。じゃあ本題ね。少し、庭を歩こうか」

「はい」

ルシアンは頷《うなず》くと、執事《しつじ》に命じて人払《ひとばら》いをさせた。

ユミラが目をかけている薔薇園《ばらえん》の小径《こみち》を三人で歩き、ノエルはほころび始めた薔薇のつぼみに目を細める。

「すべてが花咲《さ》こうとしている気がするよ。実はね、君たちのおかげで隣国《りんごく》と友好条約を結べそうなんだ」

「それはようございました」

「ド・ブロイ家とクラヴェル家は武勇の家だ。その二家がついに手を組んだとあれば、しばらく隙《すき》はできまいと思ってくれたのさ」

今年の冬は南方まで寒波が及《およ》んだ。蓄《たくわ》えも尽《つ》きかけ春を待ち望む隣国領に比べ、とくにクラヴェル領には食糧《しょくりょう》の余裕《よゆう》があり、作物は隣国へも輸出されている。

「隣国はしばらくリネーシュに手は出せないだろう」

「そうなのですね」

マルグリットはほっと息をついた。

最後の指示がまにあってよかった。マルグリットが抜《ぬ》けて領政はどうなっているのかと心配していたが、隣国から一目置かれているなら大丈夫《だいじょうぶ》なのだろう。

「条約の締結《ていけつ》までは気を抜かず、ふたりには睦《むつ》まじくいてほしいのさ。この前のような晩餐《ばんさん》会もいいが、マルグリット・ド・ブロイ夫人の名で茶会を開いてみるとかね」

「わたしの名で……でございますか」

シャロンからも「お茶会でも」と言われたことを思い出し、マルグリットは呟《つぶや》いた。結局ユミラはマルグリットを認めていない。けれどノエルの要請《ようせい》として、ルシアンも口添《くちぞ》えしてくれるなら、あるいは。

「まずは気のおけぬ仲間たちを呼べばいいよ。ぼくも呼んでくれると嬉《うれ》しいな」

軽い口ぶりではあるがこれは命令に等しい。

「承知いたしました」

「うん」

マルグリットが頭をさげると、ノエルはにこやかに頷いた。

「それとね、マルグリット夫人」

やはり穏《おだ》やかな表情のまま、世間話のようにノエルは続ける。

「ド・ブロイ家から嫌がらせを受けていたのに、母上に言わなかったのはどうして？」

「！」

驚きを表に出してしまってから、それが失態だったとふたりとも気づいた。すんなりと放たれた疑問は取り繕《とつくろ》う余地を忘れさせ、反応を引き出した。これではノエルの言ったことを認めたのと同じ。

視線はノエルから逸らさぬまま、ルシアンはこぶしを握る。

ド・ブロイ家の運命は、マルグリットに委ねられている。ここでマルグリットが屋敷《やしき》へ来てからの扱いを打ち明ければ、王家はド・ブロイ家を処罰《しょばつ》する口実を得る。

そのマルグリットは、ルシアンとともに緊張の面持ちを見せていたが、ノエルをまっすぐに見つめ返し、あのときと同じようにほほえんだ。

「必要がなかったからですわ」

「申しあげたとおり、ド・ブロイ家の皆様《みなさま》はわたしにやさしく接してくださいますので」

「必要が？」

「やさしく、ね」

「ノエル殿下」

ノエルの笑顔は崩れない。その背後の感情は知ることができない。

ならば自分の想《おも》いをぶつけるだけだとマルグリットは胸に手を当てる。

あの夜の王妃エミレンヌといい、今の第三王子ノエルといい、ほかの貴族ならば震《ふる》えあがって堂々とした態度などとれなかったかもしれない。だがマルグリットからすれば、話を聞こうという姿勢を示してくれるだけ、エミレンヌだってノエルだって——ルシアンだって、十分にやさしいのだ。

「どんな理由をつけても人は人を恨《うら》めますし、どんな理由をつけても許せるのです。なら、よいところを見つけてゆこうと——わたしはそう決めました」

母が亡《な》くなって、家族が壊《こわ》れ始めたときから。

そうでなければ、小さなことを一つ一つあげつらって他人を責めなければ生きてゆけない父や妹といっしょに、マルグリットも壊れてしまっていただろう。

正気をたもつことが彼女の精いっぱいの反抗《はんこう》だったのだ。

そしてそれは報《むく》われたのだとマルグリットは思う。

「今の暮らしはすばらしいものです。……こんなに幸せでいいのかと怖《こわ》くなるくらいに。このドレスも、ルシアン様にいただいたものなのです」

新しいドレスの手ざわりを確かめながら、マルグリットは蕩《とろ》けるような笑顔を見せた。

その隣《となり》で、かろうじて表情に出すことは抑《おさ》えているものの、頬《ほお》を赤らめるルシアン。

ふふっとノエルが笑い声を漏らした。それだけは嘘《うそ》がないと思える、素直《すなお》な笑顔だった。

「うん――ありがとう。ぼくが期待した以上の答えだ」

「お礼をいただくようなことは……」

きょとんとするマルグリットにノエルはまた笑う。

「ま、ぼくとしては、君はもう少し感情を見せたほうがいいと思うけどね」

「そう、でしょうか……」

「怒りだって立派な感情だよ」

不思議そうな顔のマルグリットに言ってから、ノエルはルシアンの肩を叩《たた》いた。

「ルシアン、君はもう少し笑顔を。それから――」

マルグリットに聞こえないよう声をひそめ、

「彼女には、贈《おく》りものよりスキンシップが有効と見たよ」

「っ！」

「じゃあね。お茶会をするときは呼んでくれよ」

言いたいことだけを言いきって、ノエルはひとり屋敷へと向かう。ルシアンとマルグリットが急いであとを追いかけた。さっさと馬車を用意させ乗り込んでしまうノエルに、ルシアンは頭をさげ、マルグリットもまた夫に倣った。

「じゃあ、またね」

(——監視《かんし》をゆるめるつもりはないということか)

晩餐会でのエミレンヌ王妃といい、王家の方々はひとの心を揺《ゆ》さぶるだけ揺さぶって帰っていくのを得意としているようだ、とルシアンはため息をつく。

だが、心の内でそんなふうに毒づいてみても、敵《かな》うわけもなく。

ド・ブロイ家を変える必要があること、それは自分の役目であることを、ルシアンは理解していた。

ド・ブロイ家には微妙《びみょう》な緊張が走っていた。

よそ者をイビるだけだった嫁姑《よめしゅうとめ》問題は、次期当主であるルシアンがマルグリットに味方したことで、公爵家の先を左右する対立に発展してしまったのである。

「母上、マルグリットをド・ブロイ家の妻として受け入れてください」

「まあルシアン、あなたまでなんということを！」

「わが家が彼女にしてきたことを、王家は知っています。目こぼしをされているのは彼女が許しているからだ」

隣国との緊張が続く限り、両家の友好を演出したい王家は目をつむっていてくれるだろう。裏を返せばそれは、隣国との関係が和《やわ》らぎ、ド・ブロイ家とクラヴェル家の婚姻《こんいん》が必《ひっ》須《す》のものでなくなる未来があり得るということ。

（そうなれば、ド・ブロイ家に残るのは、王家の命に逆らい、やってきた妻を冷たく扱ったという事実だけだ）

仲睦まじく、とエミレンヌは言った。それが建前であることをたっぷり含《ふく》ませたうえで。だがそんな解釈《かいしゃく》はあとからどうとでも捻《ね》じ曲《ま》げられる。

それ以上に、もし婚姻が不要になれば、

（彼女が離縁《りえん》を願った場合、俺は止めることができない――）

目を閉じて眉根を押さえるルシアンには、「わたしはお役御免《ごめん》ですね、それでは」とほがらかに笑い荷物をまとめて去ってしまうマルグリットの姿が鮮明《せんめい》に想像できる。

そのとき自分は、なんと言って引き留めればよいのか。

ユミラはマルグリットへの想いを理解しないだろう。そう考えたルシアンは、王家の介《かい》入《にゅう》を口実にしてマルグリットの待遇《たいぐう》改善を要求したのだが、

「ルシアン、あなたはこれまで口答えなどしたことがなかったのに……！　なにもかも、あの娘のせいだわ！　あの娘にたぶらかされて！」

「違います、母上。マルグリットは──」

「ではどうしてあの小娘を見るたびに頬を赤らめるの！　どうしてそんなに名を呼ぶの！　どうして贈りものをして着飾《きかざ》らせているの！」

「!!」

「使用人たちも噂《うわさ》しているわ！　若様が骨抜《ほねぬ》きになったと！」

──マルグリット以外の人間には、ルシアンの恋心は正しく伝わっていた。

（ではどうして彼女には伝わらないんだ……!?）

「ほらごらん、わたくしの言うとおりでしょう！　ああ、まったくなんてこと、ルシアン……」

愕然《がくぜん》とするルシアンにユミラの怒りは限界に達し、ついには涙を流し始める。

母子の修羅場《しゅらば》に割って入れる者はなく、使用人たちもただ遠巻きに、顔を青ざめさせながら見守るだけであった。

ルシアンとユミラの対立は、マルグリットからは見えないよう隠されていたものの、これまでとは種類の違うひりつきが空気に混じっていることを、マルグリットも感じとっていた。

(わたしのせいよね……)

ユミラは食事のたび、恨めしげにルシアンを見てさめざめと泣いている。ルシアンはこの世の終わりのような顔をしているし、使用人たちも表情が暗い。

(わたしのせいなんだわ……)

とくに気まずそうな顔をしているのはアンナである。

マルグリットへの嫌がらせを率先《そっせん》して行っていたアンナは、ユミラ側の急先鋒《きゅうせんぽう》だったはずだ。それが、彼女が実はキッチンメイドではなく侍女《じじょ》として仕える教養を持っていたために、今はまるでマルグリットの味方のようにふるまわざるをえない。

マルグリットの供として食堂へ赴《おもむ》くたび、アンナはユミラの視線を避《さ》けるように俯《うつむ》いている。

(わたしはどうすればいいのかしら……)

部屋でひとり、マルグリットは肩を落としていた。自分のせいでド・ブロイ家が険悪な空気になるくらいなら、一致《いっち》団結してイビッていてくれるほうがまだよかった、と思う。どうせマルグリットには仔猫の奮闘《ふんとう》程度にしか見えない意地悪なのだから。

とはいえルシアンに、自分の敵にまわれなどとは言えない。ルシアンも懸命《けんめい》に王家の期待に応え、マルグリットを丁重《ていちょう》に扱おうとしているのだ。

「ミャアン」

鳴き声に足元を見れば栗色の毛をした仔猫がいた。ノエルから贈られた彼は、毛の色から〝マロン〟と名付けられ、専属の世話役をつけられて丁重に飼われているのだが、そのすばしっこさでたびたび姿をくらませては使用人たちを慌《あわ》てさせていた。

「わたしの部屋に入ってきてしまったのね」

抱《だ》こうとさしのべた手に勢いよく猫パンチが飛んでくる。ただし爪《つめ》はしまわれていて痛くない。手をそのままにして待っているとマロンはふんふんと手のひらの匂《にお》いを嗅《か》いで、笑顔で自分を眺めるマルグリットを見上げた。瑠璃色の瞳《ひとみ》は警戒《けいかい》に満ちていたが、

「ミャアオ」

やがて、わかった、とでも言うように一声鳴くと、マロンは自分から身をすりよせてきた。抱きあげて撫でてやれば目を細めて喉《のど》を鳴らす。

「そうよね……知らない相手と最初から仲よくなんてできないわね」

マルグリットにもできることがあるのだと、一歩ずつユミラに認めてもらうしかない。

「ユミラお義母様《かあさま》もルシアン様も、ド・ブロイ家を大切に想うがゆえの行動ですもの」

時間はかかっても解決できるに違いないと、マルグリットは信じた。自分への恋心のせいで話がさらにこじれているとは、知る由《よし》もなかった。

明け方、マルグリットはふと物音に目を覚ました。

六年ぶりのふかふかのベッドや肌触《はだざわ》りのよい寝間着《ねまき》は、逆にマルグリットを緊張させ、神経を過敏《かびん》にしてしまっているらしい。睡眠《すいみん》の質は格段に向上しているため、生活に支障はないのだが、こうして目覚めることが多くなった。

車輪が敷石《しきいし》を踏《ふ》む控《ひか》えめな音が窓の外から聞こえていた。覗《のぞ》き見ると、正門と玄関《げんかん》をつなぐ道をそろそろと人々の列が移動している。中央の馬車は立派な造りだ。

(アルヴァンお義父《とう》様だわ)

領地へ出向いていたド・ブロイ公爵が帰還《きかん》したのだろう。マルグリットはクローゼットからドレスを取り出し、すばやく身につけてゆく。侍女がいなくともこのくらいはできる。

(でもなぜお義父様がこんな時間に、人目を忍《しの》ぶように?)

廊下《ろうか》に出るとやはり明かりはついておらず、ユミラやルシアンのみならず使用人たちも主人の帰邸《きてい》に気づいていないようだ。

肌寒《はだざむ》い早朝の風を防ぐためにショールを羽織り、マルグリットは玄関へ急いだ。

思ったとおり、ホールではアルヴァンが旅装をとき、従者たちが荷物を運んでいる。

マルグリットを見たアルヴァンは驚いた顔になった。

「君は……」

「お久しぶりです、お義父様。お帰りなさいませ。ご苦労様でございました」

深々と頭をさげるマルグリットにアルヴァンは居心地悪《いごこちわる》そうに応じる。

「ありがとう。しかし、見違《みちが》えるようだね」

屋敷にやってきたばかりのマルグリットが貧しい身なりをしていたのはアルヴァンも覚えている。

「ルシアン様がくださったのです」

思わずはにかむと、アルヴァンもほっとした顔になった。

「そうか。ルシアンが。なら、ユミラともうちとけることができたのだな」

「お義母様とは、まだ……むしろ、泣かせてしまっておりますわ……」

「……あのユミラを？」

信じられないものを見る目で見られ、マルグリットは顔を伏《ふ》せた。

「はい、あの……申し訳ございません。お叱《しか》りは当然です」

「いや、叱るというか……驚いたんだ。ユミラの泣き顔なんて、ぼくも見たことがない」

「申し訳ありません……」

「きっとユミラから君になにか言ったんだろう」

言ったというか、使用人たちをけしかけて追い出そうとした、とは言えずにマルグリットは口をつぐんだ。黙り込むマルグリットをどう思ったのか、アルヴァンは「すまないね」と呟く。

「ぼくのせいだ。泣いた顔も見たことがないけれど、笑った顔も数えるほどしかない。公爵家に嫁ぐこと自体、ユミラは納得《なっとく》していなかった。本当は彼女もこの家になんていたくはないのかも……」

「いいえ！」

ぱっとマルグリットは顔をあげた。ユミラの事情はわからない。きっと複雑な想いがあるのだろうと思う。だが、マルグリットにもわかることがある。

「お義母様はおっしゃっていました、ド・ブロイ家は歴史あるお家柄《いえがら》です、と」

それに、マルグリットを責めたとき、ユミラは王家やわが家と両家を分けて呼び表していた。彼女の家はすでにド・ブロイ家なのだ。

「ユミラお義母様は、ド・ブロイ家を守ろうとしておられます。そんなふうにおっしゃらないでください」

王妹であるという立場を、彼女は強調しなかった。むしろイビりの方向性としては嫁《よめ》を追い出す姑《しゅうとめ》のそれである。

アルヴァンはぽかんとした顔でマルグリットを見つめた。まさか反目する家から嫁いできたマルグリットにそんなことを言われるとは思ってもみなかったのだろう。

やがて、雪解けを迎えたように、アルヴァンの表情がやわらぐ。

「そうか……ありがとう、教えてくれて」

広大な公爵領で采配《さいはい》を振《ふ》るうとは思えぬほどの邪気《じゃき》のない笑顔に、マルグリットは目を細めた。

(ひだまりみたいな方だわ)

ド・ブロイ家の使用人たちがのびのびと仕事をしているのは、アルヴァンの人柄《ひとがら》もあるに違いない。そしてそのあたたかさは、ユミラを話題にするとより深くなる。

「ユミラお義母様のことを、大切に想っていらっしゃるのですね」

アルヴァンの頬にさっと朱《しゅ》が走る。無言で目を閉じる仕草が肯定《こうてい》を表していた。

「アルヴァンお義父様、一つだけ、さしでがましいことを申しあげてもよいでしょうか」

荷ほどきをしていた使用人たちはすでにいない。主人をはばかった彼らは足音も立てずにそれぞれの部屋へ戻《もど》っていた。それでもそっと声を落とし、マルグリットは問う。

「なんだい？」

「――ルシアン様と、ユミラお義母様は、別の人間です。……それに、アルヴァンお義父様も、家族の一員です」

ルシアンと同じ黒い目が見開かれる。

マルグリットのドレスがルシアンから贈られたものだと聞いて、アルヴァンはユミラとも友好的な関係を築けたのだろうと推測した。彼の中でルシアンとユミラは、分かちがたく結びついているのだ——モーリスとイサベラのように。そしてその中にアルヴァン自身はいない。そううかがわせる口ぶりに、マルグリットの心は痛んだ。

黙り込むアルヴァンにマルグリットは不安げな視線を向けた。

気分を害してしまっただろうか。けれど言わなければならないと思った。

俯いていたアルヴァンの口からため息が漏れる。

「……そうだね」

返ったのは、どこか寂《さび》しげな微笑《びしょう》。それは徐々《じょじょ》に、清々《すがすが》しげな表情に変わっていく。

「すっかり忘れていたよ。ありがとう」

「いえ、そんな……」

「さあ、身体《からだ》が冷えるといけない。そろそろ部屋へお戻り」

うながされ、マルグリットは辞去の礼をした。窓からは白み始めた空の明るさが、このあとの晴天を伝えていた。

「では、朝食でまた」

「ぼくは、食堂へは……」

言いかけて、アルヴァンは口をつぐみ、「そうだね」と笑った。

(どうすれば、距離を縮められるのか……)


窓から差し込む朝の日射《ひざ》しを背に浴びつつ、ルシアンは悩《なや》んでいた。

最初の日に迎えに行くと言って以来、マルグリットとアンナはルシアンを待つようになっている。とはいえマルグリットからは「放っておけば来ないのではと疑っているためわざわざ呼び出しに来ている」と思われているだけだろう。

自室から食堂へと続く廊下を、できれば寄り添って歩きたいのに、マルグリットは控えめに三歩さがってついてくる。

(ルシアン様、今日も難しいお顔をされているわ……当然よね、わたしをどう扱うかでお義母様と揉《も》めていらっしゃるのだもの)

(隣に並んで、手をさしだしてみよう)

そう決心し、ふりかえってみるものの――。

後ろを歩いていたマルグリットは、眉をさげながらルシアンを見ているではないか。

ルシアンの顔がカッと赤くなり、眉間《みけん》に皺《しわ》が寄る。

(やっぱり怒っていらっしゃるのかしら)

マルグリットは慌てて俯いた。自分に見られるのを嫌がっているのかと思ったのだ。

(俺と目があったとたんにうなだれた)

ルシアンもルシアンで、マルグリットの態度を自分のせいだと思い込んだ。

ずっしりと重たい空気を背負い食堂へたどりついたふたりは、無言のまま席へつく。ややあってユミラがやってきて、マルグリットの挨拶を無視して給仕《きゅうじ》の開始を告げる。

だが今日は、食堂の入り口にもう一つの人影《ひとかげ》があった。冬眠《とうみん》から目覚めた熊のような身体をのそりのそりと動かして、アルヴァンが入ってくる。

ユミラは怪訝《けげん》そうにアルヴァンを見た。

「おはよう」

「……お帰りでしたのね」

「ああ、今朝ね。向こうは落ち着いた。しばらくは屋敷にいるよ」

夫妻の交《か》わした言葉はそれだけだった。

(たしかに、いつものユミラお義母様とは違うわ……)

ユミラはマルグリットよりもアルヴァンを意識している。ちらちらと視線を送るのだが、目があえばむっと唇を引き結んで顔をそむける。

(ルシアン様に似ていらっしゃるような?)

そのルシアンは、アルヴァンとユミラを見つめていたが、ふとマルグリットを見た。と思えばすぐに視線を逸らす。

席につくアルヴァンを待って、料理が運ばれてきても、食堂は静まり返り、誰もが黙々《もくもく》と食べ進めるために朝食はあっというまに終わってしまった。

「それじゃあ」

寂しげな微笑を残し、アルヴァンは立ち去ってしまう。

ルシアンとマルグリットもユミラに挨拶をして食堂を辞去した。

（わたしにできることはないかしら……）

どうでもいいから黙り込んでいるわけではない。アルヴァンとユミラ、ユミラとルシアン、それにアルヴァンとルシアンも、互《たが》いが互いを意識していることがわかるだけにいっそう歯がゆい。

斜《なな》め前を歩くルシアンの、わずかに見える横顔を、マルグリットは見上げた。同じとき、ルシアンはぴたりと歩みを止めてふりむく。

「ルシアン様？」

常よりさらに鋭《するど》い視線にマルグリットはたじろいだ。ルシアンがなにか言いたげだと感じたからだ。

「……父上に、食堂に来るよう言ったのか」

「はい。余計なことをしました……申し訳ありません」

アルヴァンとユミラのあいだになにかがあったことはわかったのに、能天気に朝食でと言ってしまった。それを叱られているのだと思ったマルグリットは頭をさげた。

窓からの光を遮《さえぎ》るように、ルシアンの手があがった。

その姿が、記憶の中のモーリスに重なり、びくりと身体がこわばる。

(叩かれる――?)

だが、ルシアンの手はマルグリットの頬を張ることもなく、髪《かみ》をつかむこともなく。

アンナが編んで結《ゆ》ってくれた髪に、そっと置かれた。

「……?」

不思議そうに見上げるマルグリットを、赤い顔のルシアンがきつく眉根《まゆね》を寄せて見下ろしている。

頭はいまだにずっしりと重い。男の人の手だ、と思った。大きくて厚みのある、骨ばった手が、マルグリットの頭にのっている。たぶんたくさん疑問符《ぎもんふ》の浮かんでいる頭に。

やはり状況《じょうきょう》がわからない。

不意に、ルシアンの手が動いた。

「父上の出迎えをしてくれたのだな。俺は、気づかなかった。父上と食事をしたのは久しぶりだ」

整えた髪を崩さぬようにゆっくりと、やさしく、手のひらは髪を撫でる。

(これ……!)

ハッとマルグリットは気づく。

(〝いいこいいこ〟されている⁉)

幼いころ、母親にしてもらったのと同じ。マルグリットの理解が正しければ、それは親愛の情を示すものだったはずだ。

マルグリットの働きを、ルシアンは褒めてくれている。

(でも、褒めすぎじゃないかしら⁉)

ルシアンから触《ふ》れ、頭を撫でるだなんて、最上級の褒め仕草ではないか——やや距離感覚の破綻《はたん》しているマルグリットの胸に飛来したのは、感動と同量の恐慌《きょうこう》。

マルグリットはもう一度ルシアンを見つめた。ルシアンは視線を逸らしている。顔は赤い。眉が寄って、唇は引き結ばれ、……ルシアンのそんな表情が間近にある。

マルグリットの脳裏《のうり》に、雷《イナズマ》のような閃《ひらめ》きがよぎった。

(ノエル殿下に言われたから、嫌々《いやいや》ながら仲睦まじくしてくださっているんだわ……‼)

なぜかノエルはド・ブロイ家内の事情まで知っていた。もしかすると使用人の中に王家の息のかかった者がいるのかもしれない。彼らに向けて、ルシアンは、家でもマルグリットを大切に扱っているのだとアピールしたいのだろう。

不本意な行為《こうい》に怒ったような顔になるのは当たり前だ。

「ルシアン様」

髪を撫でる手に自分から寄り添うように、マルグリットはルシアンに身体を近づけた。

遠目に見れば、離《はな》れがたい恋人《こいびと》同士のように見えるかもしれない。

ルシアンの動きが緊張に止まる。顔がいよいよ赤くなる。

近くに人のいないことを確認《かくにん》し、背伸《せの》びをすると、マルグリットはルシアンの耳元で囁《ささや》いた。

「どうぞ、ご無理なさいませんように。アンナもおりますし、邸内《ていない》にも慣れました。次の食事からはわざわざ部屋まで足を運んでいただく必要はありません。これまでありがとうございました」

にっこりきっぱり、それだけ言いきり、優雅《ゆうが》な礼を見せて去っていくマルグリット。

(ルシアン様の負担を一つ減らすことができたわ)

それに、マルグリットが遅《おく》れて行けば、三人で家族の会話ができるだろうし、ユミラはマルグリットをイビる口実も手に入れる。

いいことをした、と、マルグリットの心は弾《はず》んでいた。

その背中を見送りながら、自分がなにを言われたのかをルシアンが理解したのは、数分の硬直《こうちょく》ののちであったという。

マルグリットの斜め上の配慮《はいりょ》をよそに、あれきりアルヴァンは食堂に現れなくなってしまった。残念ながら三人の時間は確保されなかったようだ。

（どうしたら家族の時間を作っていただけるのかしら……？）

ド・ブロイ家の状況は、クラヴェル家のように壊滅《かいめつ》的ではない、と思う。ならば互いに腹を割って語りあってほしいが……。

（わたしが勧《すす》めてもだめよね）

答えは出ないまま、マルグリットはアンナを伴《ともな》い食堂へ向かう。

食堂には、不満を表すためハンカチを目に当てるユミラ夫人と、腕組みをして不機嫌《ふきげん》そうなルシアンがすでに席についていた。ふたりだとしても語りあう空気ではないようだ。

マルグリットは頭をさげ、ユミラの横を通りすぎる。

「よくも普通《ふつう》の顔をしてこの場に出てこられるものね」

ユミラが恨みのこもった声で言う。胸は痛むが実害はなにもないので、マルグリットにとっては決まりきった挨拶のようなものだ。

いつもと違ったのはそこからだった。

「――アンナ」

ユミラが鋭く名を呼んだのは、マルグリットではなく、その侍女であるアンナ。

アンナが弾《はじ》かれたように顔をあげる。

「ッ、奥様……」

「育ててやった恩を忘れ、敵の娘に寝返《ねがえ》るなんて」

「母上！　彼女は俺が侍女に命じたのです。母上こそ彼女にキッチンメイドの真似事《まねごと》など
……」

「それはアンナが望んでやったことよ。ド・ブロイ家のために尽くすと言いながら、恥《はじ》というものを知らないのかしら」

「も、申し訳ありません……」

見開いた目から涙を流し、アンナはユミラを見た。責める言葉は、アンナも自分自身に対して感じていたこと。

ルシアンからマルグリット付きの侍女を命じられたとき、アンナは自分がマルグリットに敵対していたことをルシアンに言えなかった。言えばルシアンは彼女を疎《うと》んだだろうから――自分はマルグリットを疎み、仕える立場でありながらひどい言動をくりかえしたというのに。

「なにをしているの？　突っ立ってないで、謝る気があるのなら床に膝《ひざ》をつきなさい」

アンナはうなだれ、両膝を折ると、床に額をつけた。

「どうぞお許しください、お許しください、奥様……！」

その態度は、ユミラに仄暗《ほのぐら》い愉悦《ゆえつ》を与《あた》えた。

マルグリットを離縁させることもできず、ルシアンすら奪《うば》われた彼女にとって、アンナの涙は自分がまだ権威《けんい》を持ち、ド・ブロイ家の女主人であることの証だった。

椅子《いす》から立ちあがり、つかつかと歩みよると、いつも手にしている扇《おうぎ》を振りあげる。

「こちらを向きなさい。罰《ばつ》を与えねば」

「母上！」

ルシアンの制止も聞かず、扇は怯《おび》えるアンナの顔へと振りおろされる――。

シルク張りとはいえ、骨組みは象牙《ぞうげ》。肌《はだ》を叩く硬《かた》い音が食堂に響《ひび》いた。

だが、逃《に》げることもできず待っていたアンナの頬に、その衝撃は訪れなかった。

おそるおそる目を開ければ、さしだされた腕《うで》が扇を受けとめている。

「――!!」

それはマルグリットの腕だった。

数秒の沈黙《ちんもく》が食堂に落ちた。

「……ユミラお義母様」

呆然とするユミラとアンナの前で、マルグリットはドレスの袖《そで》をまくった。

扇を受けとめた肌は赤く痣《あざ》になり、ひとすじの血が滲《にじ》んでいる。マルグリットはその腕をユミラの前にかざした。

「この傷をアンナの顔につけようとしたのですか？　ただ命令を忠実に守っていただけのアンナに、罰を？」

「ひっ、ひいいっ」

震えるユミラの手から扇が落ちた。目に見える怪我《けが》を負わせて初めて、ユミラは自分がなにをしたのかを理解したのだ。

マルグリットは眉を寄せた。ユミラの行動は短慮《たんりょ》と言わざるを得ない。

「全力で人を叩けば相手は傷つく。そんなのは当たり前のことです」

腹の奥からふつふつとなにかがわきあがる。髪の逆立つような感覚――これは怒りだ。

クラヴェル家では意味のないものとして封《ふう》じられ、マルグリット自身押し殺してきた感情。

（わたし、怒ってるんだわ！）

自身の感情を、驚きとともにマルグリットは受けとめた。

――君はもう少し感情を見せたほうがいいと思うけどね。

脳裏にノエルの声がよみがえる。

（でも、どうやって怒ればいいんだろう!?）

長らく忘れていた感情を表に出すのは難しい。

横暴なユミラの行為に、マルグリットは怒りを感じている。その怒りがユミラに伝わらなければ意味がない。どうしたら伝わるのだろうか。

およそ激怒しているとは思えない冷静さでマルグリットは考えた。

（そうだ、ユミラお義母様の真似《まね》をしよう！）

先ほどユミラが取り落とした扇を拾いあげ、マルグリットはユミラがいつもしているように、それをテーブルに叩きつけた。

バァンッ‼　と食堂じゅうに響くような音が鳴る。

ルシアンですらもびくりと肩を震わせた。

マルグリットに表情はない。どんな顔で怒ればいいのか忘れてしまったので、とりあえず真顔になっている。

表情の消えた顔で、テーブルをぶっ叩く——突然《とつぜん》のマルグリットの豹変《ひょうへん》に、ユミラは恐怖《きょうふ》に青ざめて腰《こし》を抜かした。

が、マルグリットは気づかない。

「あのですね、ユミラお義母様。お義母様はよく恥知《はじし》らずとおっしゃいますが」

バンッ、バンッ。

「ひえっ、ひ……っ」

「絶対に逆らえない使用人をいたぶるのは、そのほうが恥ずかしいことだと思います」

バンッ、バンッ。

「わたしが気に食わないのなら、これまでどおりわたしにぶつけてください。わたしはなんとも思いませんから」

バンッ、バンッ。

「あっ！　口が滑《すべ》りました。なんとも思わないというのは、その、言葉のあやというか。つらいです。悲しいです。心を痛めています。信じてください！」

バンバンバンバンバンッ！

「ひいいいいっ、わかったから、わかったからやめてちょうだい‼」

「……お義母様⁉」

しゃがれた声にはっとしてマルグリットは顔をあげた。見れば、床に尻《しり》もちをついたユミラは冷《ひ》や汗《あせ》にまみれ、化粧《けしょう》が崩れるほどに涙を流している。

「どうしたのですか⁉」

扇を置いて駆《か》けよるマルグリットにユミラはさらに顔をひきつらせた。

どうしたもなにも、突然ものすごい剣幕《けんまく》で怒り始めた嫁に圧倒されたからこその反応なのだ。ユミラの瞳に浮かぶ怯えを見、マルグリットはそのことに思い至った。

「えっ、お義母様がやったことを真似しただけなのに？」

「‼」

「ああっ、ごめんなさい、泣かないでください！　怖かったですか⁉　ごめんなさい」

焦《あせ》る声をあげるマルグリットに、ユミラは――いやユミラだけでなくルシアンやアンナも、理解した。

マルグリットの耐性《たいせい》は、自分たちの限界をはるかに超《こ》えている。

すでに怒りが解けたらしいマルグリットは必死にユミラをなだめ、背をさすっている。

その平然とした態度がますます恐怖を呼び、ユミラは今にもひきつけを起こしそうだ。

「……すまないが、そのくらいにしてやってくれ」

ため息まじりの声が割って入ったのは、そのときだった。

アンナはすぐに姿勢を正すと、声のしたほうへ頭をさげる。ルシアンも会釈《えしゃく》をした。

マルグリットも立ちあがり、頭をさげた。

ユミラは床にへたり込んだまま、呆然と声の主を見つめた。

自分を避け、家族を避け、食卓《しょくたく》にも姿を現さなくなった夫――アルヴァン・ド・ブロイ公爵が、食堂の入り口に立っていた。アルヴァンはいつものように大柄《おおがら》な身体を縮めるように歩き、ルシアンたちの輪の中に入ってくる。

「ユミラ、もうやめなさい」

最初に名を呼ばれたのはユミラ夫人だった。

アルヴァンはユミラに手をさしのべて立ちあがらせると、スカートの裾を払ってやった。

ユミラはされるがままになりながらも、眉をひそめてアルヴァンを睨《にら》みつける。

「わたくしが悪いと言いたいの……？」

「いいや、悪いのはぼくだ。ぼくが逃げてしまったから」

言葉の意味をユミラが問いただす前に、アルヴァンはマルグリットへと向き直った。

「マルグリット嬢、本当に申し訳ない」

白髪《しらが》の交じる頭を深々とさげる。

「あなたの腕に傷をつけてしまった。どうか許していただけないだろうか」

「そんな、お顔をあげてください。許すもなにも、わたしが勝手にしたことです」

ほかにアンナを庇《かば》う方法はいくらでもあったのに、咄嗟《とっさ》に手が出てしまったのは自分のせいだ。しかも、ユミラを怯えさせ、泣かせてしまった。

「この程度の傷であれば、適切に処置すれば半月後には跡形《あとかた》もなく治ります。あとで氷をいただければ」

傷痕《きずあと》には詳《くわ》しいのですと口を滑らせそうになってつぐむ。

「そうか、ありがとう」

アルヴァンはほっとした表情になる。

「だが、責任をとらないわけにはいかないだろう」

もう一度、長いため息が吐《は》き出《だ》される。それは失望や落胆《らくたん》のため息ではなく、決意のための深い呼吸のように見えた。

ルシアンも疑問を込《こ》めた視線をアルヴァンに向けた。それに応え、

「ド・ブロイ家当主の座を、ルシアンに譲《ゆず》ろうと思う」

やや緊張した、けれども覆《くつがえ》すことはできないという決意を滲ませながら、アルヴァンは宣言した。

「あなた……!?」

「どういうことですか、父上？」

ユミラだけでなくルシアンも驚きの声をあげる。

「ずっと考えていたんだ。ルシアンも成人し、妻を迎えた。早すぎるということはない」

「妻と言ったって……この娘は、クラヴェル家の……」

こんな娘にド・ブロイ家の女主人が務まるはずがない、と言いかけて、さすがにユミラは押し黙った。今さらになって、自分とマルグリットのどちらの器《うつわ》が大きいか――彼女にもわかりかけていた。マルグリットの腕に残る傷痕が、ユミラを冷静にさせる。

「ルシアンは彼女を妻と認めたんだ。そうだろう？」

アルヴァンのまっすぐな視線がルシアンにそそがれた。

「……はい」

ちらりとマルグリットを見て、頬を染めながら、ルシアンは頷く。

アルヴァンはそんなルシアンの様子に目を細めた。

「ルシアンを当主とし、ぼくは補佐として領地へ戻ろうと思う。君にもついてきてほしい。ユミラ」

先代夫妻は隠居《いんきょ》。事実上の謹慎《きんしん》だ。その道を選ぶことで、王家への恭順《きょうじゅん》を示す。

アルヴァンはユミラに向きあった。

涙で流れた化粧の混ざる頬に手を添えると、ユミラの瞳を覗き込む。

「向こうでやり直さないか」

ユミラが驚きに息を吞《の》んだ。反射的に握ったこぶしは小さく震えている。

「……なにを、今さら……」

「ああ、今さらだ。ずっとすまなかった。でも、ぼくは君の夫なんだ。ぼくは君を幸せにしたかった。ルシアンとマルグリット嬢を見ていて、そのことを思い出した」

アルヴァンが心から笑う姿を久しぶりに見た、とルシアンは思った。遠い昔、ルシアンを褒めてくれたとき以来。それからのアルヴァンはいつも疲《つか》れた顔をして、ユミラの前では気配を消すように身を縮めていた。

ユミラもまた思い出していた。歳の離れた夫が、それでも今よりはまだ若かったころ、必死に自分を愛そうとしてくれたことを。ルシアンのように、花を贈り、ドレスを贈り、どこへでも付き添って。

(なのにわたくしは……どうしても信じられなかった。だからルシアンを口実に距離をおいて……)

もとから争いの苦手な夫だった。領地にこもりがちになったのは、ユミラを厭《いと》うてのことではなく。

「ぼくは君を愛している。出会ったときからずっと。君がぼくを愛さなくても、気持ちは変わらない」

——そのときのユミラの表情を、どう形容すればよいのか。

驚愕《きょうがく》のあとに滲み出るような疑念が訪れ、けれどもそれはアルヴァンのやさしい眼差《まなざ》しによって拭《ぬぐ》い去られた。

よろけそうになった身体をアルヴァンが支える。普段《ふだん》なら振り払っていただろう手に、ユミラは縋《すが》りつくように身を預けた。

「言うのが遅《おそ》すぎます……わたくし、わたくしにはルシアンしかいないものかと……」

「ごめんね。君に愛されていないと思ったら、怖くなってしまったんだ」

ユミラの肩を抱きながら、アルヴァンは顔をあげ、マルグリットを見つめた。

「やっと言えた。君のおかげだ。ありがとう、マルグリット嬢」

「わたしはなにもしておりません。どうぞ、マルグリットとお呼びくださいませ、お義父様」

「うん、マルグリット」

ルシアンもアンナもぽかんとしてやりとりを見守っている。

当主でありながらほとんどユミラに意見をしてこなかったアルヴァンの意外な一面に――そしてそれ以上に、アルヴァンの胸に顔を埋《うず》めるようにしてふたたび涙を流し始めたユミラの想定外の反応に、思考がついていかなかったのだ。

マルグリットだけは、外から嫁いできた者であるだけに、

（よくわからないけれど、お気持ちが通じあったのなら素敵《すてき》なことだわ……！）

と感激していた。

やがてユミラはアルヴァンに連れられ、食堂を出ていった。

「マルグリット様、お手当てを」

動けるようになったアンナがすぐにキッチンへ行き、氷と布を持ってくる。痣の残る腕に布を巻きながら、アンナの目にふたたび涙が浮かんだ。

「申し訳ありません。わたしのせいで」

「大丈夫よ。袖で隠れるのだし、すぐに治るわ」

「わたしは、マルグリット様にひどい態度をとったのに……」

「えーっと……気にしてないわ」

まったくなにも感じていなかったしむしろかわいいくらいだった、と本音を言えばそれもそれでアンナが傷ついてしまいそうな気がしてマルグリットは言葉を選んだ。

「俺も、謝ろう。家族のいざこざに巻き込んでしまってすまなかった」

「そんな」

アルヴァンとユミラのあいだに横たわった不和の理由を、ルシアンは知らない。知ろうともしてこなかった。だがそれは間違《まちが》いだった。

——ぼくは君を幸せにしたかった。

アルヴァンの声が耳にこだまする。自分たちを見ていて勇気を得たのだとアルヴァンは言った。

やはり、妻にだけは伝わらない想いは、妻以外の全員に伝わっている——現在の悲愴《ひそう》感ただよう表情の理由を、アンナは理解しているが、マルグリットはいまだに、

(ユミラお義母様に意見するなんて、でしゃばりすぎてしまったかしら……!?)

と明後日《あさって》の方向へ心配を飛ばしているように。

ルシアンは心の中でため息をついた。どれほどいっしょに暮らしたとしても、贈りものをしようとも、言葉にしなければ伝わらないと、アルヴァンはそう示したかったのだ。

「部屋へは俺が送ろう」

マルグリットの手をとり、ルシアンは歩きだす。アンナは頭をさげた。

ふたりで歩くのは数日ぶりだ。食堂から自室までの道のりは長くはない。迷っている暇《ひま》

はなかった。立ち止まるルシアンに、マルグリットも歩みを止める。

「……お前を愛さないと言ったことは撤回《てっかい》する」

告げられた言葉に、マルグリットは驚きを浮かべたが、すぐに笑顔を見せた。

「はい、わたしも撤回いたします」

「俺はお前を……いや、君を、――」

「おふたりのように、二〇年後にはどうなるかわかりませんものね！」

「――待て」

「え？」

マルグリットはルシアンを不思議そうに見つめる。

向かいあうルシアンは、告げようとした想いをあっさりと二〇年後に持《も》ち越《こ》され、

（微塵《みじん》も俺に興味がない……）

そのことを思い知らされていた。

「……なんでもない」

ルシアンは首を振る。

マルグリットはやはりきょとんとした顔で首をかしげていたが、また笑顔になり、「では、ありがとうございました」と礼をして部屋に引っ込んでしまった。

（二〇年後にはならぬようにしなければな……）

ひしひしと敗北感を味わいつつ、ルシアンも隣の自室のドアを開ける。ベッドで丸くなっていたマロンが「シャーッ‼」と威嚇《いかく》を発したが、

(これからは毎日花を贈ろう……)

そんな決意を固めていたルシアンは気づかなかった。

一方、自室へ入ったマルグリットは、スキップでもしそうに気持ちを弾ませていた。

(ルシアン様に妻と認めていただいている……)

マルグリットを嬉しい気持ちにさせているのは、ルシアンがアルヴァンの問いに頷いたことだ。おまけにルシアンは、自分の発言を取り消してくれた。マルグリットを愛することがあるかもしれないと認めてくれたのだ。

(……あれ？)

ぴたりと足を止め、マルグリットは胸を押さえた。

(気のせいかな？　いま鼓動《こどう》が大きくなったような……)

そういえば息も苦しい気がするし、なんだか顔も熱い。

(いやだわ、風邪《かぜ》かしら。そうだ、どうせ氷ももっと必要なのだし)

頬に手をあて、たしかに熱があるらしい、と確認したマルグリットは、アンナをさがしに部屋を出ていったのだった。

ド・ブロイ公爵からの書状を読み終わり、エミレンヌは笑みを浮かべた。

かたわらにはいつものようにノエルが立っている。

「数か月以内に当主の座をルシアンに譲り、アルヴァンとユミラは領地へ移り住むそうよ。ようやくアルヴァンがユミラの心をつかんだと見える……長かったわね、二〇年よ」

「これまでなにをしても無駄《むだ》でしたからね。めでたいことです」

「どれだけ抵抗《ていこう》してもいつかルシアンは手を離れてしまうとわかったのでしょうよ。そうなって初めてアルヴァンの気持ちが届いた」

「……そんな綺麗《きれい》な恋物語ではないでしょう、あれは」

ノエルはため息をついた。

「ド・ブロイ家の長い内輪《うちわ》揉《も》めの原因を作ったのは王家ですからね」

「ずいぶんと冷たい言い方をするじゃないの」

「ぼくの従兄弟《いとこ》のことですから」

「わたくしだって、直接関係のない立場とはいえ、申し訳なく思っているのよ。だからノエルに……わたくしの懐刀《ふところがたな》に、見守らせているのでしょう」

母と子とは思えぬような会話を交わしつつ、エミレンヌとノエルは互いに肩をすくめた。

ユミラは歳の離れた王妹にあたる。それは皆《みな》が知るとおり。だが、その母親が先代王妃でないことは、ほんの一握《ひとにぎ》りの者しか知らない。

先代国王と、侍女のあいだに生まれた子。醜聞《しゅうぶん》を嫌《きら》った先代王妃は侍女を罰《ばっ》するよりもユミラを己の子とすることを選んだが、扱いは手厚いとはいえず、ユミラにとって王家は家庭ではなかった。

愛娘《まなむすめ》のゆく先を心配した先代国王は、彼女を政争には利用せず、素性《すじょう》を口外せず、秘する花のように大切にする家を、秘密裏《り》にさがした。

「わたくしも覚えているもの。宮廷《きゅうてい》へ出仕してものんびりとして人畜《じんちく》無害そうなあのアルヴァンが、必死になってお義父様をかき口説いて……」

アルヴァンの愛情はほんものだと誰もが思った。だが、以前の治世で、行くあてのない王子を多額の持参金と公爵位とともにド・ブロイ家に引き取らせていたことが仇《あだ》になって、ユミラだけは自分の立場を誤解した。あの公爵位が三代限りのものだったと知る者はいない。期限の来る前に、ユミラと引《ひ》き替《か》えにド・ブロイ家は世襲《せしゅう》のできる公爵位を得た。

このことはルシアンも知らない。

いくら贈りものをされようとも、愛の言葉を囁かれようとも、若いユミラは信じることを拒絶した。やがてアルヴァンも増えた領地の管理に没頭《ぼっとう》するようになった。そこまでならば、まだよかったのだが。

　ユミラがルシアンのために王族から妻をと要求し始めたとき、異母兄である現国王や彼の弟たちがいい顔をしなかったのは当然である。ユミラの目的が純粋《じゅんすい》にド・ブロイ家の地位の向上だったとしても、権力争いのきっかけになる可能性もある。

「国政よりも身内を優遇《ゆうぐう》しようとする姿勢は、兄妹《きょうだい》そっくりだと思うけれどねぇ……」

「――そういえば」

　王家批判を口にしそうな母を遮り、ノエルは話題を変えた。

　遠くを見つめる瞳になっていたエミレンヌもノエルに応じ、興味ありげな顔で身を乗り出してくる。

「なにかしら」

「ド・ブロイ公爵の提案に頷いたはいいものの、気持ちの整理がつかないのか、ユミラ夫人は寝込《ねこ》んでしまったようですよ」

「それはまあ……」

「おまけにマルグリットも寝込んでいるそうです」

「まあ？」

　エミレンヌは首をかしげた。あの物怖《ものお》じしなそうな娘に寝込むような心労が降りかかったのだろうかと疑問に思ったからだ。

「まさか、ルシアンがなにか？　ついに想いを打ち明けたのかしら？」

「いえ、こちらはただの風邪であろうということです」

「そうなの」

ノエルの冷静な報告に、エミレンヌは眉をさげる。

「あのふたり、うまくいくといいのだけれどねぇ」

「なんとかしましょう、王妃陛下の御意《ぎょい》ならば」

「ふふ、頼《たよ》りになるわ」

やはり母子とは思えない会話をしながら、エミレンヌとノエルは顔を見合わせて笑ったのだった。

第五章 お茶会と夜会

ようやく熱がさがってきたもののいまだにぼんやりとする視界でマルグリットが最初に見たのは、ものすごく怒《おこ》った顔をしたルシアンだった。

怒った顔のままルシアンの手がやさしくマルグリットの頰《ほお》を撫《な》でた。ひんやりとしていて冷たく感じるのは、まだ熱がある証拠《しょうこ》かもしれない。

ユミラ夫人を恐怖《きょうふ》のどん底に突《つ》き落《お》としてしまったあの日、キッチンでアンナをさがし当てたマルグリットは、「マルグリット様、お顔が真っ赤ですう!」と彼女に悲鳴をあげさせ、すぐにベッドの住人となった。

そういえば前に夢うつつに起きたときにもルシアンがいた。マルグリットが話しかけようとするのを制して薬を飲ませてくれた。

(まさかあれからずっとここに……? あれはいつのことだったかしら)

昨日のような気もするし、数十分しかたっていない気もする。時間の感覚がなくなっていてわからない。

「……ルシアン様」

呼びかけると、ルシアンはぎくりとした顔をして手を引っ込めてしまう。

それを名残惜《なごりお》しい気持ちで眺《なが》め、マルグリットは小さく息をついた。

「目が覚めたか。すまなかったな……やはり母上とのことが重荷だったのだろう」

「いえ、それはまったく……」

むしろ、気疲《きづか》れという点で思い当たるのは、突然豪華《とつぜんごうか》になった生活である。

最初のうちは真っ白でふかふかなベッドを汚《よご》しはしないかと夜に何度も目が覚めたし、複雑に結《ゆ》われ飾《かざ》りをのせられた頭は重く、裾《すそ》を引きずる前提のドレスで動きまわるのは気を遣《つか》った。

そのことを説明するとルシアンはまた怒った顔になった。

「申し訳ありません、せっかくのご厚意《こうい》なのに……」

「いや、俺の配慮《はいりょ》不足だ。その、女性の服装など、晩餐《ばんさん》会のものしか知らないから……」

「皆様《みなさま》も家ではもっと控《ひか》えめな格好をされているのではないでしょうか」

「母上も、着飾りすぎだと言っていたな……」

ユミラ夫人にけばけばしいと言われたことを思い出したのか表情を曇《くも》らせつつ、ルシアンは言う。

しかしマルグリットにも、ほかの令嬢《れいじょう》たちが普段《ふだん》どんな格好をしているのかなんてわからない。イサベラはイサベラで、それこそ家の中でも晩餐会に出るような格好をして自分を飾り立てていた。

悩《なや》むマルグリットにルシアンは不思議そうな顔をした。

「わからないのなら尋《たず》ねればいいではないか」

「そうですね、シャロンに……」

「週末に仕立て屋へゆこう。君がいいと思う普段着を作ればいい」

「え？」

「リチャードに言って手配をさせる」

そうと決まれば、と言わんばかりに、ルシアンは部屋を出ていってしまう。

あとに残されたマルグリットは――、

（……熱のせいで、頭がまわらないのかしら？）

自分がいま聞いた言葉は幻聴《げんちょう》だったのかもしれないと首をかしげつつ、ベッドに戻《もど》ったのだった。


「現実だった……」

「ねえ！　これもかわいいわ！　これも！　これもどうかしら！　ねえ、この布もあわせてちょうだい！」

数日後、マルグリットは、呆然《ぼうぜん》とした顔で突っ立っていた。

ルシアンが言ったことはマルグリットの幻聴ではなかったのである。ルシアンはすぐに王都でも最高級の服飾店《ふくしょく》〝ファルガス〟への訪問を手配し、「シャロンに……」という呟《つぶや》きからミュレーズ伯爵《はくしゃく》家にもシャロンをよこしてくれるよう使いを出した。

マルグリットを眼前にさえしていなければ、ルシアンはマメで有能であった。

硬直《こうちょく》しているマルグリットに巻き尺をあわせ、針子たちは慣れた手つきで採寸を進めてゆく。その隣《となり》ではシャロンが布を選び、邪魔《じゃま》にならない飾りを選び、髪《かみ》をまとめるためのシュシュやリボンを選んでいた。

（こんなに……こんなに部屋に置けるの？　いえ大丈夫《だいじょうぶ》ね……クローゼットはまだまだ余裕《よゆう》がたっぷりだった。でもこんな……いったいいくらかかるのかしら……）

豪勢な贈《おく》りものが三度目ともなれば、さすがにマルグリットも困惑《こんわく》の表情を浮《う》かべる。

（王家の命令に背《そむ》いていないことを見せるためとはいえ、やりすぎじゃないかしら？）

実際はルシアンからマルグリットへの精いっぱいの愛情表現なのだが、愛情表現だとしてもやりすぎであることに変わりはない。

あいかわらずのすれ違《ちが》いを続けるふたりは、互《たが》いに互いを困惑させていた。

シャロンはそんな様子を目ざとく察し、ルシアンの役に立たねばと意気込んでいた。ちなみに当のルシアンは、採寸に立ち会うわけにもいかず別室でもてなされている。

「今日のドレスもルシアン様が選んだものなのでしょう？　素敵《すてき》だわ。マルグリットのよさがよく出てる。ほかにはどんなことを？」

「そうね、毎日お花をくださるわ」

「いいわねぇ。ものすごく愛されてるじゃないの！」

頰に手を当てたシャロンがうっとりと呟く。だが、シャロンの表情はもじもじと髪をいじるマルグリットの言葉で硬直する。

「そんな、愛されてるだなんて」

「……え？」

「え？」

「無自覚なの？」

「なにが？」

見つめあうこと数秒。

「……まあいいわ。ゆっくりやりなさい。ルシアン様も慣れる必要があるみたいだし」

マルグリットと会話をするたびに横を向いて赤くなっていたルシアンを思い出し、シャロンは唇《くちびる》を尖《とが》らせた。その腕《うで》には大量の布とレースが抱《かか》えられている。

マルグリットのこれまでを知っているシャロンは、ド・ブロイ家の財産で遠慮《えんりょ》なく友人の持ち物を増やすことに決めたらしい。ルシアンがシャロンを呼んでいなければ、マルグリットは最低限のものしか買わなかっただろうから。

「あなたの言うとおりルシアン様はやさしい方ね、マルグリット」

手放しの賛辞に、首をかしげていたマルグリットの頬が染まる。

（って、わたしが照れてどうするの）

そう思うのに、頬がゆるむのを止められない。

「そうなの。とってもやさしい方なのよ」

「ならこのぐらいは仕立ててもらっても大丈夫ね」

シャロンは追加で布を選び、そばに立つ職人にあれこれと言いつけている。それが本当に大丈夫なのかはわからないが――。

シャロンが帰ったら、ルシアンを褒《ほ》めていたことを、本人にも伝えよう、とマルグリットは思った。

マルグリット以上に照れたルシアンが、挙動不審《ふしん》になってしまうとは知らずに。

ルシアンの配慮により、動きやすい服装を手に入れたマルグリットは、翌週からノエルに要請《ようせい》された〝お茶会〟の準備を始めた。

　ユミラはあらためてマルグリットに謝罪した。

「……長いあいだ、ごめんなさいね」

（お義母様《かあさま》からそんな言葉が聞けるなんて……⁉）

　王都を離《はな》れ領地へ移ることが決まっていたために、ユミラも素直《すなお》に新しい女主人として
マルグリットを認めることができたのだ。

　おまけに、色眼鏡を取《と》り払《はら》って見たマルグリットは、非常に優秀《ゆうしゅう》で。

「スタンダードなサレムとアーリンティーのほかに、ド・ブロイ領で採れるスラント茶葉
もお出しするのですね。アーリンは深みがありますからスコーンにはハニーと生クリーム
を添《そ》えましょうか」

「……そうね」

「ティーカップは季節にあわせて深めのものを。茶葉が濃《こ》いですから柄《がら》はオレンジ系を？

それともノエル殿下《でんか》もいらっしゃることですし白で統一したほうがよいでしょうか」

「任せるわ」

「では、お忍《しの》びということですし、オレンジで。お客様のお迎《むか》えはいつもどおりリチャー
ド、給仕《きゅうじ》の担当はフェリスとドレア、お菓子《かし》はウェスト商会にお願いして……」
「あなた、お茶や食器の知識だけでなく、使用人たちも、わが家の出入りの商会も把握《はあく》し

ているのね」

「クラヴェル領はド・ブロイ領のお隣ですもの。販路《はんろ》が似ているので、使う商会も同じところが多いのです」

感心したように呟くユミラにはにかみつつ、マルグリットは言う。

母亡《な》きあと、クラヴェル家の茶会や晩餐会を取り仕切っていたのはマルグリットだ。ひと通りの知識は身についている。ただ、マルグリットが手配したそれらの会を楽しむのはモーリスやイサベラで、彼女は参加すら許されなかったのだが。

使用人たちの役割や能力を把握しているのは嫁《とつ》いだばかりのころ彼らにまぎれていたため、商会を把握しているのは、彼らは北の離れの前を通って通用口から品物を運び入れていたから。遠目に見るだけで、顔見知りの商人や、彼らがなにを運んできたかはわかる。

（……もしかしてこれは、拾いものなのでは）

ユミラもようやく、マルグリットに対するルシアンの評価を納得《なっとく》し始めていた。

ユミラの承認《しょうにん》をとりつけ、マルグリットはルシアンに茶会の手配について説明した。

「……と、いうのが茶会に必要な準備と、当日の動きになります」

マルグリットの膝《ひざ》の上では、マロンが腹を出して寝《ね》そべっている。マルグリットの話し声にあわせてゴロゴロと喉《のど》を鳴らして甘えていたマロンは、声が聞こえなくなるのと同時に顔をあげた。

マロンの目に映るのは、呆気《あっけ》にとられたようなルシアンの顔。

「これはすべて君が考えたのか？」

「はい。ですがユミラお義母様にも確認《かくにん》していただきましたので不備はないかと……なにか気になりますか？」

「いや、逆だ。完璧《かんぺき》すぎて驚《おどろ》いたのだ」

ルシアンに茶会のことはわからない。だがわからないなりに、いくつかの疑問は持っていた。マルグリットの説明はそのすべてに答え、ルシアンに安堵《あんど》を与《あた》えるものだった。

「実家でも手配はしておりましたし、クラヴェル領はド・ブロイ領のお隣ですから」

ユミラにも言ったことをくりかえすと、ルシアンは思いついた顔になる。

「待て、それは他人に指示ができるほどに地理に詳《くわ》しいということか」

気候や地形、特産品、交易、王都と領地を結ぶ交通、その中途《ちゅうと》にある都市や街道《かいどう》など、〝地理〟と一言に言っても情報は多岐《たき》にわたる。

マルグリットはルシアンの驚きを的確に理解した。

「あ、はい、そうですね。ルシアン様のお手伝いもできると思います。わたしがド・ブロイ領の詳細《しょうさい》を知ってもよいのであれば、ですが……」

実家でもモーリスを手伝い、クラヴェル領の一部はマルグリットが管理していた。

機密を明かされるわけがないと思い込んでいたので言っていなかったが、遠くないうちに当主になるルシアンを支えることも、マルグリットにはできる。

「……クラヴェル家はなぜ君を手放したのだ……？」

マルグリットを知れば知るほど、クラヴェル家の判断に首をかしげざるをえない。

「父が、妹をかわいがりましたので……」

「俺からは、君は完璧な妻にしか見えない」

「……ありがとうございます」

素直な称賛《しょうさん》を口にすれば、マルグリットは頬を赤らめてはにかんだ。

ルシアンも自分の発言にハッとする。

互いに頬を赤らめながら、ルシアンとマルグリットはしばらく沈黙《ちんもく》した。

撫でる手を止めてしまったマルグリットへ、マロンが甘えるように身をすりよせ、その視線がルシアンに向けられていることを知るや、「ニャアオ」と抗議《こうぎ》の鳴き声をあげた。

モーリスやイサベラからすれば、この絵に描《か》いたような幸せなひとときは、「不要な姉をド・ブロイ家に押しつけた」ということになるらしい。

(彼女よりもあの妹のほうが価値があると？)

ひとりになってからそのことを考えると、ルシアンの胸に怒《いか》りがこみあげてくる。

同時に、現実味のない判断に薄《うす》ら寒《さむ》いものをおぼえ、ルシアンは眉《まゆ》をひそめた。

晩冬のテラスには、薔薇《ばら》のモチーフをあしらったテーブルとチェアのセットが配置され、テーブルには菓子の盛られたスタンドやティーポットが花飾りとともに置かれていた。テラスといいつつもガラス張りの壁《かべ》で外の空間とは仕切られ、寒さを感じることなく穏《おだ》やかな日射《ひざ》しだけを楽しむことができる、ド・ブロイ家自慢《じまん》の応接間である。

「とっても素敵なセットね……！」

庭園を一望できる眺めに声をあげたシャロンは、マルグリットをふりむき――、

「ねえ、大丈夫……？」

友人らしくなく緊張《きんちょう》で青ざめた顔に、怪訝《けげん》な顔つきになる。

「え、ええ……たぶんね……」

シャロンの言うとおり、マルグリットは緊張していた。その理由を聞けば不思議そうな顔をしているシャロンだって緊張するだろう。

今日はノエルの希望したお茶会の当日である。当然ノエルがやってくるのだ。第三王子の参加はお忍びであるため、ほかの参加者には知らされていない。

いずれ大々的に開催《かいさい》するお茶会の予行練習、友人同士の集まりということにして、マル

グリットはシャロンを、ルシアンはニコラスを呼んでいた。本来のお茶会は女性が主体となって集まることが多いが、ノエルのために男性も、ということだ。

手配を何度もしてきたとはいえ、マルグリットが茶会に参加するのは初である。初参加が自分主催《しゅさい》で王子参加の茶会。そのことに気づいたとき、さすがのマルグリットも緊張しないわけにはいかなかった。

「やあ。晩餐会でお見かけしましたね」

「シャロン・ミュレーズと申します」

「ミュレーズ伯爵のご令嬢ですか。ぼくはニコラス・メレスンです」

「あらためましてお見知りおきを」

ニコラスとシャロンは令息令嬢らしいそつのない挨拶《あいさつ》を交《か》わし、

「マルグリット殿《どの》はルシアンにぴったりのすばらしい方ですね」

「ルシアン様もマルグリットを大切にしてくださっているそうで、あてられてしまいそうなほどですわ」

「……」

「……」

交わす視線の中に通じあうものを感じ、無言のうちに彼らはかたく手を握《にぎ》りあった。

言葉はいらなかった。相手の、燃えるような、しかしいたわるような視線が告げている。

互いに、友人の幸せを心から願いながら、その鈍《にぶ》さに困惑すら覚えているのだと……！

執事《しつじ》リチャードが新たな客人の訪《おとず》れを知らせたのは、そのときだった。

「ルシアン様……！」

「ああ」

ルシアンとマルグリットがあわせて玄関《げんかん》へ向かうのを見、ニコラスとシャロンもあとに続く。どちらかの招待客ではなく、ふたりの客——もしくは、自分たちよりも身分の高い者だと察したからだ。

玄関に停《と》まっていたのは二頭立ての馬車。紋章《もんしょう》を隠《かく》したとはいえ豪華な造りは名のある家なのだろうとわかる。

扉《とびら》の開く前からルシアンとマルグリットが頭をさげる。それにならい、ニコラスとシャロンも頭をさげた。

「お忍びなんだから、そんなにかしこまらないで」

苦笑《くしょう》混じりの声がする。聞き憶《おぼ》えのない声を誰《だれ》のものかと考えながら頭をあげ、ニコラスとシャロンは目を見開いた。

馬車から降りてきたのは、第三王子ノエル・フィリエ。常に王妃《おうひ》エミレンヌのそばへ侍《はべ》り、表情を見せない男が、ころころとおかしそうな笑い声を立てているのだ。

ド・ブロイ家とクラヴェル家の婚姻《こんいん》に王家が噛《か》んでいるという話を聞いてはいたが、その証拠が目の前に現れたことになる。とすれば、今後ド・ブロイ家およびクラヴェル家は、王家の庇護《ひご》を受けるかもしれない。

ふたりの顔が、侯爵令息《こうしゃくれいそく》・伯爵令嬢《はくしゃくれいじょう》のものになる。

「王子殿下、お久しぶりでございます」

「ごきげんよう、殿下」

「やあ、ニコラス、シャロン嬢《じょう》。名前で呼ばせてもらうよ。ぼくのことも気軽にノエルと呼んでくれていいから」

「ありがたきお言葉——」

ノエルの言葉に礼を重ねるニコラスの声は、そこで途切《とぎ》れた。

門からもう一台の馬車が入ってきたからだ。しかもその馬車はノエルの馬車に接しそうなほど迫《せま》り、馬を止めた。明らかに格上とわかる馬車にこのふるまいは無礼である。

表情を曇らせたマルグリットの目に飛び込んできたのは、クラヴェル家の紋章。

御者《ぎょしゃ》の手も待たず、内側から扉が開く。

金髪《きんぱつ》を揺《ゆ》らし降りてきたのは、茶会というより夜会へ行くような胸のあいたドレスをまとう、美しい少女。

「イサベラ……⁉」

驚くマルグリットの視線を無視し、イサベラは駆《か》けよってくると、躊躇《ちゅうちょ》なくノエルの腕をとり、自分の腕を絡《から》ませた。

「お久しぶりです、ノエル様！」

「イサベラ、その手を放しなさい。王家の方に対して無礼がすぎます」

「あら、お姉様ったら、公爵《こうしゃく》家に嫁いだ途端《とたん》に身分にうるさくなったのね。家では気にしていなかったのに……」

暗に使用人扱《あつか》いを受けていたことを仄《ほの》めかされ、マルグリットの表情がこわばった。

過去の仕打ちが露見《ろけん》することを恥《は》じているのではない。そんなことをノエルの前で告げれば処罰《しょばつ》されるのはクラヴェル家だ。それもわからない妹を、マルグリットは信じがたい気持ちで見つめる。

「でもいいのよ。あたしをここに呼んでくださったのはノエル様なんだもの。ノエル様、ありがとうございました。お茶会のことを教えてくださって」

イサベラの言葉にノエルは頷《うなず》く。

「マルグリット殿にどうしても会いたいと言うので、ぼくが今日のことを教えたんだ。悪いけど、参加させてあげてくれる？」

（――!?）

思いもかけない言葉にマルグリットは目を見開く。マルグリットだけでなく、ルシアンやニコラス、シャロンも息を呑《の》んだ。

すぐにマルグリットは笑顔《えがお》を作り、頷いた。

「ええ、それは、もちろん」

ノエルの頼《たの》みであれば断ることはできない。

イサベラは当然だというようにすました顔でノエルの隣に立っている。

（ノエル殿下はわたしたちになにをさせようとしていらっしゃるのかしら……？）

マルグリットの困惑と同様、ルシアンも、食えない第三王子の行動に心の中で眉をひそめていた。

イサベラは終始ノエルと同じ席に座り、ノエルに向かってクラヴェル家がどれほど王家に忠誠を誓《ちか》っているかや、領地の経営が順調であること、また、自身がクラヴェル家を継《つ》ぐ身であり、このために父が相手探しに奔走《ほんそう》していることなどを語って聞かせた。

「ノエル様のような方と結婚《けっこん》できたらすばらしいと思いますわ」

わざわざ椅子《いす》の位置を変え、ノエルのほうにしなだれかかるようにしてイサベラは流し目を送る。

「イサベラ！　先ほどからはしたない行いばかり……」

慌《あわ》てるマルグリットに、ノエルが手をあげた。

「お忍びでもあることだから、君たちは気にしなくていいよ。両家には母上の無理を聞いてもらったのだし、情勢を知りたくもあるんだ」

そう言われてしまっては、ド・ブロイ家に嫁いだことによって実家とは絶縁《ぜつえん》状態になっているマルグリットに提供できる情報はない。

不安げな顔をしながらも口をつぐむマルグリットに、イサベラは唇の端《はし》をあげた。

（ほら、許してくれたじゃない。ノエル様もまんざらではないのだわ）

イサベラの目には、ノエルの底知れなさは映っていない。ただ柔和《にゅうわ》で穏やかそうな王子とだけ見えている。

（王子様とお近づきになっておけば今後の役にも立つでしょう。見初《みそ》められれば今よりももっと贅沢《ぜいたく》な暮らしができるわ。あたしは地位にはこだわらないから、正妃《せいひ》でなくてもいいし――）

別のテーブルのニコラスやシャロンからもちらちらと視線が投げかけられる。イサベラはそれを羨望《せんぼう》だと解釈《かいしゃく》した。

彼らはイサベラと同格以上の子女であるが、ノエルの隣には座れない。

「ノエル様、お茶をどうぞ」

「ありがとう」

「タルトをおとりいたしましょうか？」

「そうだね、ではベリーを」

かいがいしく世話を焼くイサベラを、ノエルは受け入れる。

イサベラの中で、自信は確固たるものになっていった。

いっぽうニコラスとシャロンは、珍獣《ちんじゅう》を見るような気持ちでイサベラを眺めていた。

ルシアンやマルグリットには自分たちのことは気にするなと言ってある。それよりノエルとイサベラのほうに気を遣うであろうから。

「なるほど、あれがマルグリット殿の妹君か。ユミラ夫人より強烈《きょうれつ》な女性は初めて見た」

「ええ……」

怒りに満ちたルシアンの表情の意味がわかったと肩《かた》をすくめるニコラスに、シャロンも頭痛を堪《こら》えるようにこめかみを押さえる。

この訪問の目的は、王家による選別だ。

ひとりそれをわかっていないイサベラだけが、楽しそうにはしゃいだ声をあげていた。


「外せない用事があってね。ぼくはこのへんで」

ノエルがほかの者たちより早い辞去を口にしたとき、彼とイサベラ以外の全員が内心で安堵のため息をついてしまったのは仕方のないことだっただろう。

「わたしたちも帰りましょうか、ニコラス様……」

「そうだね、これ以上は若夫妻を疲《つか》れさせてしまうだろうし」

ニコラスとシャロンも帰宅を口にする。

政局的には敵対する家同士であったが、個人的に悪感情はない。ノエルの訪問からしても、王家は本気で派閥《はばつ》争いに介入《かいにゅう》する気だということをふたりは感じとった。ならば手始めに友好関係を結んでおくのも悪くない。

「今度はぼくからお誘《さそ》いさせてください」

「あら、楽しみにしておりますわ」

手をとり口づけるニコラスに、シャロンもにこやかに応じる。

(それに、ルシアンのためにマルグリット殿の話も聞きたいし……)

(それに、マルグリットのためにルシアン様のお話もうかがいたいし……)

親友思いのふたりは顔を見合わせると、もう一度笑いあった。

「さ、イサベラ。あなたも帰るんでしょ」

「いいえ、あたしは残りますわ。シャロンお姉様こそどうぞその方とお帰りになって」

シャロンにうながされてもイサベラはにんまりと笑って首を振《ふ》るだけ。終始ノエルから離れなかったイサベラはニコラスの名すら覚えていない。

今度はマルグリットの腕に自分の腕を絡め引き寄せると、イサベラは自分と同じ色の瞳《ひとみ》を覗《のぞ》き込んだ。

「久しぶりなのだもの、お話がしたいわ。お姉様。家族ですもの、当たり前よね？」

答えられないでいるあいだに、返事も聞かず、イサベラは身を翻《ひるがえ》し、

「せっかく来たのだし、お姉様の部屋を見てくるわ。ちょっとあなた、マルグリットお姉様の部屋へ連れていってちょうだい」

茶会の片付けを指揮していたアンナを呼び止め、さっさと二階へあがってしまった。

「イサベラ……！　シャロン、ごめんなさい。また今度ね」

ニコラスはすでに馬車に乗り込み、シャロンの馬車も玄関へとやってきた。案じる視線を向けるシャロンに手を振り、マルグリットは精いっぱい笑ってみせる。

ニコラスを見送ったルシアンがふりむいた。怪訝な顔をした彼が見たのは、急ぎ足に階段をのぼってゆくマルグリットの姿だった。


イサベラは楽しくてたまらなかった。

案内の侍女《じじょ》らしき少女や、馬車を見送っていた執事、廊下《ろうか》ですれ違い頭をさげるメイドたちまで、使用人たちは身分もわきまえずイサベラに不躾《ぶしつけ》な視線を投げつけた。

彼らは自分たちの知る〝若奥様〟とまったく異なったふるまいをする令嬢を見極《みきわ》めようとしていたのだが、イサベラはそれらの視線がマルグリットへの敵意によって引き起こされているものだと信じた。

（ふふっ、普段のお姉様の扱いが知れるというものね）

晩餐会でユミラが言っていたことは本当だったのだとほくそ笑《え》む。

だが、そんな愉悦《ゆえつ》は、マルグリットの部屋にたどりついた瞬間《しゅんかん》に砕《くだ》け散《ち》ってしまった。

「なんなの……これ……」

ルシアンの部屋の隣に設けられた彼女の部屋は、クラヴェル家でのイサベラの部屋よりもはるかによい調度が置かれ、棚《たな》には名のある工房《こうぼう》の宝飾《ほうしょく》品や食器が並べられ、奥には一部屋を使ったクローゼットが見えていた。侍女の控えの間すらある。

その豪華さに唖然《あぜん》とする。

(どういうこと？　離れの寒い部屋にひとりで住んでるんじゃなかったの？)

「こちらがマルグリット様のお部屋です。若奥様がお越《こ》しになるまでお待ちください」

アンナは鋭《するど》い視線でイサベラを睨《にら》みつけた。大切な部屋に粗相《そそう》をしたら許さないとでもいうように。じっと見つめられ、イサベラの頭にカッと血がのぼる。

「あなたね、態度が――」

「イサベラ！」

詰《つ》め寄《よ》ろうとしたイサベラを、マルグリットの声が遮《さえぎ》った。

「アンナ、ごめんなさい。さがってちょうだい」

部屋に入ってきたマルグリットは心配はいらないと笑顔を見せるが、アンナは案じる視線を隠さない。

「廊下に控えております。御用《ごよう》の際はすぐにお呼びください」

「わかったわ、ありがとう」

(なによ、あたしが妙《みょう》なことをするとでも思っているわけ?)

イサベラはムッと眉を寄せた。なにもかもが彼女の想像と違っている。ユミラが語っていたマルグリットの生活はどこへいったのだろう。

今イサベラの目の前にいるマルグリットは、なにを言っても反応を返さなかった姉ではなかった。イサベラよりも仕立てのよいドレスを着て、背すじをまっすぐにのばし、緊張にこぶしを握りながらも意志の強い視線を投げかける。

「イサベラ」

威厳《いげん》に満ちた呼びかけはイサベラを焦《あせ》らせる。

だが、マルグリットの次の言葉で、イサベラは彼女の優位を思い出した。

「ノエル殿下になにを申しあげたの? どうしてあなたがノエル殿下とお手紙のやりとりをしているの」

疑問の形で口にしつつも、答えはマルグリットもわかっているのだろう。青ざめていく表情に、イサベラの口角がにやりとつりあがった。

(あたしがなにを言っても言い返さなかったお姉様が……)

反抗《はんこう》には腹が立つ。一方で、こわばった表情は、実家にいるときはなんの反応も返さなかった姉が怯《おび》えていることを示している。

　ふっと鼻で笑い声を立て、イサベラは顎《あご》を反らした。

「あたし、王家にお手紙を出したのよ。大切な姉が不憫《ふびん》な目に遭《あ》っていないか心配でたまらないって。だって相手はあのド・ブロイ家ですもの」

「まさか」

　眩暈《めまい》すら起こしそうな推測を、イサベラは軽い頷きだけで肯定《こうてい》する。

「お姉様がド・ブロイ家から使用人以下の扱いを受けていて、家に帰りたいと泣いていると、そうノエル様に申しあげたのよ」

「――！」

「でも違ったのね。こんないい部屋で暮らしていたなんて……心配して損したわ」

　心配などしていなかったことが見え透《みす》いた顔で、イサベラは唇を尖らせた。

　晩餐会からしばらくして突然ノエルがド・ブロイ公爵家を訪れた理由が、これでわかった。エミレンヌがわざわざ聞かないようにしてくれたユミラの陰口《かげぐち》を、イサベラは脚色《きゃくしょく》して王家に送りつけたのだ。

「なんてことを！」

「だって、お姉様が家を出ていったせいでお父様はとっても忙《いそが》しくなって、あたしにお小遣《こづか》いもくださらないの。だからお姉様が帰ってきてくださったらいいと思ったのよ」

「イサベラ、あなた自分がなにをしたかわかっているの⁉　王家の方に、虚偽《きょぎ》の申し立てをしたことになるのよ！」

「虚偽じゃないわ。お姉様が話をあわせてくれればいいことでしょう」

「わたしは幸せに暮らしているの……！　クラヴェル家にいたころよりずっと」

「なあに、自慢なの？」

小うるさい虫でも追い払うようにイサベラは耳元で手を振り、室内を見まわした。

幸せだというのは事実なのだろう。これほど豪華な部屋に住んでいるのだから。

（なのにこんなにつらそうな顔であたしを責めるなんて）

イサベラは戸棚《とだな》に歩み寄ると、宝石箱を開けた。無造作にアクセサリーをつかみ取る。

「！　なにを――」

「もらって帰ってもいいわよね？　いつもあたしの好きなものをくれたじゃない。クローゼットも見せてちょうだい」

マルグリットの恐怖などどこ吹《ふ》く風といったようにイサベラは室内を歩きまわり、ドレスや宝石を物色しようとした。

あれからもルシアンの贈りものは続いている。毎日一輪ずつ贈られる花はマルグリットの部屋を飾り、芳香《ほうこう》を放っていたし、外出した際にはめずらしい土産物《みやげもの》や、香水《こうすい》などを求めてくることもあった。

マルグリット自身、増えていく持ち物に戸惑《とまど》っていることは確かであったが、

「だめよ」

別の戸棚に手をのばそうとしたイサベラの前に立ちふさがり、マルグリットはイサベラを見据《みす》えた。

「どうして？　外聞を取り繕《とつくろ》うためにド・ブロイ家が用意したのでしょう。少しくらい妹のあたしがもらっても――」

「イサベラ。室内のものに手を触《ふ》れることは許しません」

気を抜《ぬ》けば崩《くず》れてしまいそうになる足に力を込《こ》め、イサベラの手を握る。咄嗟《とっさ》に引こうとした手からブローチやイヤリングが落ちた。それを受けとめ、マルグリットは胸にしっかりと抱《だ》きしめる。

「わたしがなんでもあなたにあげたのは、お父様からそう命じられたからよ。クラヴェル家のお金で買ったものだから、当主であるお父様の言うとおりにするのが正しいと思っていたの」

それはマルグリットにとっても建前であったかもしれない。渡《わた》さないと言えばイサベラは泣き喚《わめ》き、モーリスはイサベラの肩を持ち、結局は取りあげられてしまうから、最初から諦《あきら》めようとしたのだ。

――君はもう少し感情を見せたほうがいいと思うけどね。

ノエルの声がよみがえる。

(わたしがなんでも言いなりになっていたせいで、お父様もイサベラもこんなふうになってしまったのかもしれない)

なら、今から変わらなければならない。

「ここはド・ブロイ公爵家。クラヴェル家ではないわ。この部屋にあるものはすべて、ルシアン様からいただいた大切なもの。あなたにあげることはできないのよ」

「やっぱり公爵家に嫁いだからってあたしたちのことを下に見ているのね」

マルグリットの言葉を見当外れな方向に解釈し、イサベラは顔を歪《ゆが》めてマルグリットを睨みつける。

マルグリットは怯《ひる》むことなくイサベラの視線を受けとめた。

数か月前まで、クラヴェル家でのマルグリットであれば、逆らうことなどなかった。こうしてイサベラを正面から見つめ返すこともできなかった。クラヴェル家は使用人に至るまで、マルグリットの味方などいなかったから。

「下に見てなんかない。姉妹《しまい》としてわたしたちは対等よ。だから聞いて。ここにあるものは大切なものなの。軽々しく人に譲《ゆず》れるものではないのよ」

イサベラは眉をひそめた。

(どういうことなの? さっきから、お姉様じゃないみたい……)

　諦めきった顔をして、なにを言われても粛々《しゅくしゅく》と従っていたマルグリットはもういない。先ほど一瞬《いっしゅん》よぎった恐慌《きょうこう》も、マルグリットは抑《おさ》え込んでしまった。

　しばらくの沈黙と対峙《たいじ》ののち、マルグリットに怯えがないと見てとると、イサベラは急に顔を俯《うつむ》けた。しおらしい表情を作り、「うぅ……っ」と悲しげな声を漏《も》らす。目には涙《なみだ》すら浮かべて。

「わかったわ……あたし、反省するわ。お姉様がいなくなって、だんだんうちのことがうまくいかなくなって……寂《さび》しかったの」

「イサベラ……」

　マルグリットはイサベラの肩を抱いてやった。

　ノエルには順調だと聞かせていたが、クラヴェル家の経営は悪化し始めているらしい。

「お父様にはあなたがいるじゃない。あなたが支えてあげるのよ、イサベラ。領地の経済や交易は文書にまとめてあるから……」

「読んでもわからないわよ、あんなの……ううん、今度からは真面目にやるわ。だから、たまには家に戻ってきて、教えてくれる？」

「……ええ、わかったわ」

　実家には愛着もある。現状がどうなっているのか、確認しておく責任もあるだろう。事情を説明すればルシアンの許可も得られるはず。

「あたしが頼《たよ》れるのはお姉様だけなの……」

イサベラは健気《けなげ》な仕草でマルグリットの腕へ頬をすりよせた。

――唇の端に小さな嘲笑《ちょうしょう》を浮かべながら。


イサベラから夜会への招待状が届いたのは、ド・ブロイ家での茶会を終えてすぐのことだった。

イサベラと親しい令息令嬢たちを呼び、お姉様《マルグリット》とお義兄様《ルシアン》にもお越しいただきたい、と招待状には記されていた。

実家へ行くとは約束した。しかし夜会だとは聞いていない。マルグリットは日中にクラヴェル家を訪れ、領地の経営について確認するものだとばかり思っていた。

(それに、ルシアン様も……?)

迷惑《めいわく》をかけるのではないかと不安げに見上げたルシアンは、あいかわらず不機嫌《ふきげん》そうな顔をしていて、マルグリットと目があうと顔をそむけてしまう。

その頬がほのかに色づいた。と思ったところで、

「もちろん、俺も行く」

眉を寄せたままルシアンはマルグリットに向き直った。

「君は俺の妻だ。……妻の家を訪ねるのは当然のことだ」

妻とはいえ、婚姻は政略上のものであり、実家は政敵同士なのである。なんだか無理をしているようにも見えるのだが、ルシアンがいてくれればマルグリットにとっては心強い。

ルシアンとしては、マルグリットをひとりで実家に帰すなどとんでもなかった。イサベラが茶会へやってきたあの日、見送りをすませてマルグリットの部屋に駆けつけたときには話が終わっていて、イサベラはしおらしい態度で帰っていった。マルグリットも「大丈夫でした」とほほえむだけだったが、アンナの顔つきからはとてもそうとは思えず、自身への信頼《しんらい》のなさに情けなくなる。

「……では、お言葉に甘えさせていただきます」

嬉《うれ》しそうにほほえむマルグリットに、ルシアンはまた頬を赤らめた。


夜会の夜、マルグリットはルシアンから贈られたドレスとアクセサリーを身につけ、ルシアンにエスコートされながら、数か月ぶりに実家クラヴェル家へと戻った。

(使用人が少なくなっている……？)

一目見て思ったのはそれだった。

馬の世話をする者や案内役の侍女たちがいない。ルシアンとマルグリットは馬車を降り、誰もいない玄関ホールを通って広間に向かった。こんなことはマルグリットが実家であるクラヴェル家を熟知しているからできることであって、本来ならば無礼に当たる。

広間の周囲ではメイドやコックたちが忙しそうに料理を運んでいた。以前は夜会を開くのに十分な数の使用人がいたはずなのに、どうしたことだろう。状況《じょうきょう》を反映してか、屋《や》敷《しき》の中もどこかうら寂しく、床《ゆか》の隅《すみ》には汚れが目立つ。

（クラヴェル家の財政は思ったより悪くなっているのかも……）

ルシアンも同じ危惧《きぐ》を抱えたようで、ふたりは無言で顔を見合わせた。

そんな不安を無理やり払拭《ふっしょく》するかのように、広間では豪華な夜会が繰り広げられていた。数十人の令息令嬢たちが思い思いに着飾り、酒を飲み、料理に舌鼓《したつづみ》を打っている。

しかしやはり、扉の前で客の名を告げるはずの者もおらず、ド・ブロイ夫妻の到着《とうちゃく》にはイサベラが無遠慮《ぶえんりょ》に手をあげて応じるだけ。

「あら、お姉様！　いらしてくださったのね」

「イサベラ、案内の者がいなかったから、自分たちでここまで来たのよ」

「ああ、そうね。あとはお姉様たちだけになったので、まだかと思ってワインをとりに行かせてしまったの」

「領地について学ぶという話は……」

「いいのよ、今日は」

悪びれた様子もなくイサベラは言い放つと、「そんなことより」と背後の友人たちをふりむいた。

「みんな、ド・ブロイ家に嫁いだあたしのお姉様よ！　こちらは次期公爵のルシアン様」

稚拙《ちせつ》な紹介《しょうかい》の仕方にルシアンが眉をひそめる。

次期公爵、と聞いて令嬢たちの中から黄色い声があがった。媚《こ》びを含《ふく》む歓声《かんせい》は、妻であるマルグリットが隣にたたずんでいることを理解していないとしか思えなかった。

（こんなことではまともな方々はクラヴェル家との付き合いを遠慮してしまうわ……）

危惧どおり、夜会に集まった令息令嬢たちは、あまりよいとはいえない家柄《いえがら》だった。紹介されたのは新興の下級貴族や豪商《ごうしょう》の娘《むすめ》たちなど。爵位《しゃくい》だけで領地も持たず、礼儀《れいぎ》やマナーに無頓着《むとんちゃく》で、国の歴史も知らぬような者ばかり。

その理由はすぐに知れた。

「どう？　あたしの家は公爵家とも親戚《しんせき》なのよ。この前なんて、第三王子のノエル様とも会ったんだから」

意気揚々《いきようよう》としたイサベラの言葉に彼らは羨望の眼差《まなざ》しを向ける。彼らはイサベラの虚栄《きょえい》心を満足させるため集められた、イサベラよりも階級が下の者たちなのだ。政敵であったド・ブロイ家まで、公爵家とつながりがあるということを示したいがために利用する。

「いつかこの夜会にもノエル様を呼んであげるから」

「ああすごい！　お願いよ、イサベラ」

「王子様と知り合いになれたら、家の事業もはかどるというもの」

　イサベラの台詞《せりふ》に仲間たちは興奮した声をあげる。その様子をマルグリットは青ざめた顔で見つめているしかできない。マルグリットがどうにかしてたもっていた伯爵家としての体面を、イサベラは食い潰《くつぶ》そうとしている。

（お父様はこのことをご存じなのかしら……）

　おざなりな紹介と挨拶が終わり、参加者たちはイサベラを取り囲んで楽しくおしゃべりに興じていた。特別なゲストであるはずのルシアンとマルグリットは放《ほ》ったらかしにされ、ときおり笑いを含んだ視線が届くだけ。

　取り残されたふたりは、料理のテーブルへと寄り、なにをするでもなく並んで立った。

「申し訳ありません、ルシアン様……」

　肩を落としたマルグリットの脳裏《のうり》には、ふたりのあいだになんの信頼もなかったころの、ド・ブロイ家での晩餐会がよみがえっている。

　あれからマルグリットはド・ブロイ家で居場所をつくり、生活は幸福に満ちていった。けれどもド・ブロイ家を一歩出れば、状況は悪化してすらいたのだ。

（わたしが姉らしいふるまいをしてこなかったからだわ）

　イサベラの我儘《わがまま》を育ててしまった一因は自分にもある。マルグリットはうなだれたまま、料理にも飲み物にも手をつけていない。

「――君が謝る必要はない」

ぽつりと落とされた呟きにマルグリットは顔をあげた。ルシアンが切なげに目を細めてマルグリットを見つめている。

「言っただろう。俺にとって君は完璧な妻だ」

ルシアンの心は、自分自身への無礼な状況に対するよりも、過去のマルグリットが受けた仕打ちに対する怒りで燃えていた。今や彼にもはっきりとわかった。イサベラや、彼女を野放しにしているモーリスがどのような人物か。実家での様子をルシアンに問われても口をつぐんでいたマルグリットがどんな扱いを受けていたのか。

マルグリットの表情がくしゃりと歪んだ。ほほえもうとしているのにうまくいかない、そんな相貌《そうぼう》だった。

「ありがとうございます、ルシアン様――」

突然、イサベラのいる場所から「キャーッ！」と甲高《かんだか》い歓声が聞こえ、マルグリットは顔をあげた。近づくふたりを嘲笑《あざわら》うかのように意味ありげな視線が向けられる。

それに混じって、隠す気のないイサベラの声が響《ひび》いた。

「ルシアン様とお姉様は家のために結婚したの。寝室《しんしつ》も別なのよ」

「な……っ！　イサベラ！」

慌てて止めに入るマルグリットだが、周囲の令嬢たちにやんわりと押しとどめられ、イサベラのもとへはたどりつけない。

「それが貴族だもの。愛しあう相手でなくとも、結婚はしなくちゃね」

「まあ。それじゃあ、ルシアン様は、奥様がいらっしゃるというのにひとり寝を？」

「大貴族は妾《めかけ》をたくさん囲うのだろう？　俺はそう聞いたぞ」

「妾を、たくさん？　立候補したいくらいだわ」

くすくすと低い忍び笑《わら》いがあたりを満たす。

輪から出たひとりの令嬢が、艶《つや》めいた赤髪《あかがみ》を弄《もてあそ》びながらルシアンの腕をとった。

「わたくしなどどうですか、ルシアン様。コレットと申します」

挑戦《ちょうせん》的にマルグリットへ視線を投げかけ、ルシアンへ囁《ささや》く。

「形だけの夫婦なら、少しくらい遊んでもかまわないのでしょう？」

どきん、と鼓動《こどう》が跳《は》ねるのを、マルグリットは戸惑いとともに感じた。

彼女の言うことは間違《まちが》ってはいない。皆《みな》が集まるような場では〝仲睦《むつ》まじく〟との命令であっても、個人的なふるまいまでは規定されていない。

愛さないと言ったことをルシアンは撤回《てっかい》してくれた。けれど、愛しあうと誓ったわけではない。ルシアンがマルグリット以外の令嬢を愛そうと、口出しできる立場ではないのだ。

どきん、どきんと鼓動は大きくなってゆく。

マルグリットはドレスの胸元《むなもと》をぎゅっと握りしめた。

（あら……？　なぜかしら、わたし……以前の晩餐会では気にならなかったのに……）

黙《だま》り込むマルグリットに、コレットはイサベラとよく似た冷笑《れいしょう》を浮かべた。他人を貶《おとし》める恍惚《こうこつ》にひたった人間の笑み。

「マルグリット様のドレス……首も肩も隠されておりますのね。それほどご自分の肌《はだ》に自信がないのかしら」

横目で流し見るようにして、コレットは告げる。

彼女の言うとおり、マルグリットのドレスは肌の露出《ろしゅつ》を最低限に抑えたものだ。首から肩、腕まではレースで覆《おお》われている。長らく家に閉じ込められて社交界に出たことのなかったマルグリットでも抵抗《ていこう》なく着られるドレス。

対するコレットは、胸元まであらわにしたドレスで、はっきりとした目鼻立ちやそれを強調する化粧《けしょう》もマルグリットとは正反対。

これまでそんなことを気にしたことはなかった。イサベラとは違って地味な見た目の自分を恥じたこともなかった。

けれどもなぜか、今夜だけは、身がすくむほどにそのことが悲しい。

追い打ちをかけようと、コレットの紅を塗《ぬ》った唇が開きかける。

「――俺の妻を侮辱《ぶじょく》する気か？」

それを遮り広間に落ちたのは、地を這《は》うような底冷えのする声。

「！」

一瞬にして場が静まり返る。

ルシアンはコレットの手を振り払うとマルグリットの肩を抱いた。

「このドレスは俺が贈ったものだ。愛する妻の肌を他人に見せたくないという愚《おろ》かな独占《どくせん》欲からな。なにか文句があるのか？」

「……いえ……っ！」

きつく睨みつけられ、コレットは蒼白《そうはく》になって首を振る。

マルグリットは状況についていけなかった。

ルシアンはすでにコレットを見ていない。力強くマルグリットを抱き寄せ、怒りをたたえた視線でイサベラを睨みつけると、背後の取り巻きたちを睥睨《へいげい》する。

「妻を傷つけるなら容赦《ようしゃ》はしない。──ド・ブロイ公爵家を敵にまわす覚悟《かくご》はあるんだろうな？」

「ひっ」とコレットが叫《さけ》び声《ごえ》をあげる。

（あたしはイサベラに言われたとおりにしただけなのに……！）

ド・ブロイ家に睨まれれば、金で男爵《だんしゃく》位を買った商家など吹けば飛ぶ塵《ちり》のようなものだ。コレットはイサベラへ縋《すが》る視線を向けるが、イサベラは握りしめた両手をわなわなと

震《ふる》わせ、ルシアンからの糾弾《きゅうだん》に顔を歪めていた。

(どうしてよ……お姉様との結婚は王家の命令のはずでしょう⁉　ド・ブロイ家はお姉様が憎《にく》いはずでしょう⁉)

婚礼《こんれい》の場で見たルシアンは、美しい容貌《ようぼう》をしていたが、クラヴェル家の者たちを明らかに軽蔑《けいべつ》していた。晩餐会のユミラ夫人はマルグリットをイビり抜いていると鼻高々に語っていた。羨《うらや》ましく思った豪華な部屋も、体裁《ていさい》を整えるための道具に違いないのだと自分を納得させたのに。

(なのにどうして、お姉様がルシアン様に愛されているのよ……‼)

全身の血が燃えたように怒りが体内を駆け巡《めぐ》る。しかもそれをぶつける相手であるはずの姉はルシアンに守られ、手が出せない。牙《きば》を剝《む》く獣《けもの》のような凶相《きょうそう》がイサベラの顔面に現れる。

ルシアンはそれを冷淡《れいたん》な表情で睨み返すと、マルグリットに「帰るぞ」とだけ告げた。

「見送りは要《い》らぬ。今後このような不愉快《ふゆかい》な真似《まね》をするなら、こちらも相応の対処をさせてもらう」

背を向け、ルシアンは広間の大扉へと歩いてゆく。周囲から守るように肩を抱かれたマルグリットは、最後に不安げな視線をイサベラに投げた。

その態度がまたイサベラの怒りに油をそそぐ。

（なによこの茶番は!!）

「ね、ねえイサベラ……ルシアン様の言ってたこと……」

「うるさいわね!!　黙っててちょうだい！」

怒鳴《どな》りつけられ身をすくめたコレットは、いったい自分はどうなるのかと恨《うら》めしげに周囲を見まわしたが、仲間たちは顔をそむけて目をあわせないようにするだけだった。

夜の王都を、馬はかろやかな足取りで進んでゆく。

馬車の中でもルシアンは眉間《みけん》に深い皺《しわ》を刻み、腕組《うでぐ》みをして黙り込んでいた。

マルグリットもなにを言えばいいのかわからずに、ルシアンの隣に腰《こし》かけたまま、ちらちらと横目でうかがうだけ。

その顔はめずらしく真っ赤に染まっていた。

（愛する妻……って、おっしゃっていたわ。それにこのドレス……）

マルグリットのドレスはすべてルシアンからの贈りものだ。自分で選んだのだということも聞いた。そのうえそのような意図をもって選んだものだと聞かされれば、いま身につけていることがなんとも気恥《きは》ずかしいような、くすぐったいような気分になる。

（いいえ、自惚《うぬぼ》れてはだめよ。あれは王家のご命令に従ったまで。妻が侮辱されていれば庇《かば》うのは当然……）

けれども、ルシアンは庇わなくともよかったのだ。あの夜会は内輪のもので、ルシアンがマルグリットに冷たい態度をとったとしても咎《とが》める者は誰もいなかった。

なのに、ルシアンは庇った。彼の意志で。

そのことをどう受けとめるべきなのかとマルグリットは混乱していた。

ド・ブロイの家名まで出して、ルシアンはあの場の全員を黙らせた——と、そこまで考えて、よぎった想像に小さな叫びをあげる。

「ルシアン様！　もしかすると、イサベラがノエル殿下に訴《うった》えるかもしれません」

招待されて行った夜会で、ルシアンはド・ブロイ公爵家の名を出し、〝敵〟という言葉を使った。これは王家の命に抵触《ていしょく》するものではないだろうか。

だがルシアンはマルグリットをふりむくと、怪訝な顔になる。

「それがどうした？」

「イサベラはノエル殿下にお手紙を送っているのです。今回のことも、都合のいいようにして殿下のお耳に入れるかも——」

「だから、それがどうしたと言っているんだ」

「え？」

きょとんとするマルグリットを見、ルシアンは小さくため息をついた。

「ノエル殿下に事情を尋ねられたら、今夜あったことを話せばいいのだ。あれだけの証人がいる。君の妹も手はまわしきれないだろう。王家から尋問《じんもん》されれば彼らが口をつぐむことは不可能だ。そうなってもいいように、あの女に手をあげなかった」

「あ……」

あの女、というのはコレットのことを言っているのだ。

「怒りを抑えるのに必死で、君に向かって暴言を吐《は》かせてしまったが……すまない」

「いえ……」

マルグリットは恐縮《きょうしゅく》して身を縮めた。ルシアンがそこまで考えて行動しているあいだ、自分は呆然と成り行きを見守っているだけだった。もとはといえばクラヴェル家の問題であり、マルグリットが火種になったようなものなのに。

「申し訳ありません……」

「なぜ謝る。謝る必要はないと言っただろう」

顔をそむけ、ルシアンは窓の外へと視線を逸《そ》らしてしまう。

(また怒らせてしまったわ)

マルグリットは俯いた。

しかし、しばらくして顔をあげたマルグリットの目は、窓から差し込む明かりにキラキラと輝《かがや》いていて。

マルグリットの手がそっとルシアンの腕に触れた。

ならば、謝罪ではなく感謝を。

「ありがとうございます、ルシアン様。……嬉しかったです」

誰かに庇ってもらうことなど、初めてだった。自分のために怒りをあらわにしてくれる人がいる。肩を抱き、あの家から連れ出してくれる人がいる。

鼓動は弾《はず》むように跳ね、マルグリットの頰はふたたび赤く染まった。

馬車は大通りを抜け、明かりの少ない路地へと入ってしまったけれど、同じように赤く染まったルシアンの頰がマルグリットの目に飛び込んできた。

そのとき不意に、それが怒りのためではないと直感できたのは、今夜のことがマルグリットにも変化を与えたからだ。ルシアンは、怒っているのではなく、自分と同じように、やわらかくて、どこか気恥ずかしい気持ちを抱えているのかもしれない、と。

考える前に唇は言葉を紡《つむ》ぐ。

「ルシアン様……もしかして、照れていらっしゃるのですか?」

「な……っ!」

核心《かくしん》をついたマルグリットの言葉にルシアンは驚いたようにふりかえった。

表情が、図星であることを語り尽くしていた。

第六章 ◆ 恋心は花開く

夜会からの帰り道の馬車で奇妙《きみょう》なリズムを打ちだした鼓動《こどう》は、一夜明けてももとに戻《もど》ってはくれなかったし、数日がすぎても、一週間がたってもやはりおかしいままだった。

「あれから、ルシアン様を見ると動悸《どうき》が激しくなって、ルシアン様に近づくと心臓がぎゅうっとなるの……でも、離《はな》れてもぎゅぎゅぎゅぎゅぎゅっと」

訪ねてきてくれたシャロンを自室に迎《むか》え入《い》れ、マロンを膝《ひざ》にのせながら夜会での出来事を語ったあと、マルグリットは神妙《しんみょう》な顔で打ち明けた。

妙《みょう》な身体《からだ》の反応のせいで、ルシアンと顔をあわせづらく、避《さ》けるようになってしまっている。ルシアンに会わないよう予定を入れ、偶然《ぐうぜん》にはちあわせればろくに会話もできず逃《に》げ出《だ》す始末。また怒《おこ》らせてしまっているかもしれない、とマルグリットはため息をついた。

「病気……なのかしら」

「なにを言ってるの？？？」

「なにって」

眉《まゆ》と口を曲げて令嬢《れいじょう》らしからぬ表情を見せるシャロンに、マルグリットはたじろいだ。

「病気じゃないわよ。わかってるでしょ？　……うそ、本当にわからないの？」

「お恥《は》ずかしながら……」

シャロンからすればマルグリットの動悸の原因は一つしかないのだが、異性と接した経験のほとんどない友人には想像もつかないものであるらしく、困ったようにマロンを撫《な》でまわしている。

「それはいつからなの？」

「帰りの馬車から……いえ、待って、その前にもあったわ。夜会で、コレットがルシアン様に誘《さそ》いかけたとき……」

あのときが奇妙な鼓動の始まりだった。ルシアンがはっきりとコレットを拒絶《きょぜつ》してくれなかったら、マルグリットの心臓は破裂《はれつ》してしまっていたかもしれない。

「ルシアン様がわたしを庇《かば》ってくださって……」

そこまで言って、マルグリットの顔はまるで湯気を吹《ふ》いたように赤くなった。

〝愛する妻〟――ルシアンはそう言った。思えば、動悸がおさまらないのはそれからだ。

（ルシアン様が……わたしのために、怒ったり照れたりしてくださる……）

そのことを考えるだけで、胸がいっぱいになってしまうのだ。

（夢じゃないかしら……そうね、たぶん夢だわ）

「こら、現実逃避《とうひ》に入ってるでしょ」

シャロンに額をつつかれてマルグリットは顔をあげた。

「でも、だって……ルシアン様がわたしを大事にしてくださる理由がないもの……」

「……この部屋はルシアン様が用意してくださったのよね？」

「ええ」

「そのドレスも？　壁《かべ》の絵も、戸棚《とだな》の食器も？」

「そうなの」

「部屋中にあふれる花もね」

「いい香りでしょう」

「……百歩譲《ゆず》って、ルシアン様がなんらかの好意を持ってくださっていることは認めるでしょ？　さすがに、いくらなんでも」

「そんな……図々《ずうずう》しすぎる妄想《もうそう》だわ。どうしたのかしらわたし、こんなバカなことを考えるなんて」

ルシアンが王家の命令に従っているにすぎないにしても、それで十分幸せなのだ。

（なのに、ルシアン様のお気持ちを詮索《せんさく》するだなんて、はしたないわ。どうしてこんなことを考えてしまうのかしら……）

自分を否定するように首を振《ふ》り、そこまで考えて、マルグリットは「ああっ！」と悲鳴のような声をあげた。

「な、なに？　どうしたの？」

「もしかして……もしかしてわたし、……ルシアン様のこと……ああっ！」

「あっ、やっとそこ⁉」

もう一度悲鳴をあげたきり、マルグリットは耳の先まで真っ赤になって動かなくなってしまう。シャロンが目の前でぶんぶんと手を振っても反応はない。許容量をオーバーしてしまったようだ。頬《ほお》のほてりがさらに濃《こ》くなってゆくのを、シャロンは紅茶を飲みながら眺《なが》めた。

なんにしろ、今日の目的は達成できた。マルグリットは恋心《こいごころ》を自覚したらしい。勝利のこぶしを振りあげたいところだが令嬢としてはしたなき挙動につき、テーブルの下でマルグリットから見えないように握《にぎ》りしめるだけにしておいた。

(あれだけ最初からやさしくて素敵《すてき》な方だと言っていたのに……)

幸せそうで、ルシアンを信頼《しんらい》しきっているマルグリットを見ていれば、いずれ恋に落ちることはわかった。それなのにここまで想《おも》いに気づくこともなくすごしてきたのは、彼女のすごしてきた環境《かんきょう》のせいだろう、とシャロンは眉を寄せる。

「わたし、ルシアン様のことが好きなのね……」

ようやく意識を取り戻したらしいマルグリットは真っ赤になった両頬を押さえたため息をついた。

「どうしたらいいのかしら」

「どうしたらって……どうもしなくていいじゃない。この生活のままで」

「でもそれじゃあ、わたしばっかり幸せだわ」

（ルシアン様も幸せだと思うけど……）

幸せに慣れていないマルグリットは、目に見える利益を返すことができなければ不安なのだろう。

「ちょっと距離《きょり》が縮まった気がして、嬉《うれ》しかったの」

（ちょっと……？）

「いつかルシアン様も、わたしといて幸せだと思ってくだされば嬉しいと思うわ」

（いつか……？）

「だめかしら、そんな大それたことを考えては」

「だめじゃないわよ……」

シャロンは両手で顔を覆《おお》い、なぜかあふれそうになってしまう涙《なみだ》をこらえた。やっと幸せが目の前にやってきたというのに、マルグリットは目を逸《そ》らそうとしている。

実家での悲惨《ひさん》な状況《じょうきょう》に慣れきってしまったマルグリットは、敵意を向けられても傷つかない頑丈《がんじょう》な心《ハート》を手に入れた。その一方で、好意を向けられることは経験がない。

贈《おく》りものが好意を表しているのだと信じる、その当たり前で簡単なことが、すべてを押しつけられる家で生きてきたマルグリットには難しい。

シャロンは顔をあげた。マルグリットの手を握る。

「わかったわ、応援《おうえん》する！」

親友の笑顔《えがお》に、マルグリットも表情を輝《かがや》かせた。

「そう、そうよね！　もっとルシアン様のお役に立てるようにがんばらなくちゃ！」

「〜〜〜そうね！」

色々と言いたいことを呑《の》み込み、シャロンは頷《うなず》いた。

「そういえばさがしてたもの、見つかりそうよ」

「本当⁉　ありがとう！」

「明後日《あさって》には届けるわ。だからね、それで、ルシアン様に——」

ふたりきりの部屋で誰《だれ》に聞かれるわけでもないが耳元に唇《くちびる》を寄せ、シャロンはとっておきの秘策をマルグリットに囁《ささや》く。

同時に、彼女の脳裏《のうり》には、とある人物の姿が浮《う》かんでいた。

「——と、いうわけで、ルシアン様に告白させてください」

にっこりとほほえむシャロンに、ひきつった笑みを浮かべるニコラス。彼にはシャロンの背後に焔《ほのお》を吐《は》くドラゴンが見えるような気がした。

マルグリットに「応援する」と約束してから数日後、令嬢然としたやさしげな微笑《びしょう》に最大の威圧《いあつ》を込《こ》め、シャロンはメレスン家の応接間の椅子《いす》に腰《こし》かけていた。

「不躾《ぶしつけ》なお願いだとは存じておりますが、ニコラス様以外に頼《たよ》れる方がおりませんの……」

しおらしく顔を俯《うつむ》けるシャロンの背後で、ニコラスの幻視《げんし》するドラゴンは変わらず彼を睨《にら》みつけたままだ。

（色々考えたらルシアンの煮《に》え切《き》らない態度に苛立《いらだ》ってきたんだろうな）

その気持ちはわからなくもないため、シャロンの話にニコラスは真摯《しんし》に耳を傾《かたむ》けた。

「ご親友の前でルシアン様をボコボコに申しあげるのは気が引けるのですが」

「いやボコボコに言う必要はないのですよ」

「突《つ》き放《はな》しておいて惚《ほ》れたうえに想いを告げる勇気がないというのはいかがなものかと思いますの」

「あ、意外と的確な指摘《してき》だった……」

「腰抜《こしぬ》け……いえ、慎重《しんちょう》な性格だとは存じております」

「そうですね。前半は聞かなかったことにします」

「それとなく、告白するよう、ルシアン様におっしゃっていただけませんかしら」

じっと上目遣《うわめづか》いに見つめられ、かわいい、と鼓動を鳴らしてしまったニコラスは、自分も恋路《こいじ》をこじらせるかもしれない予感に背すじを震《ふる》わせた。

さらに数日後、ルシアンの自室では、既視感《きしかん》のある光景が繰《く》り広《ひろ》げられていた。テーブルを挟《はさ》んでルシアンと向かい合うのは、彼の友人、ニコラス。そしてニコラスの膝の上に寝《ね》そべるマロン。テーブルの下からルシアンが手をのばそうとすると、マロンは「シャッ」と鋭《するど》い威嚇《いかく》を発してその手を払《はら》った。

ノエルからルシアンに贈られた猫《ねこ》だというのに、マロンはすっかりマルグリットになついてしまい、なぜかルシアンを敵視する。というか、来客にもなついているあたり、ルシアンだけを敵視している。

「愛する妻、とは、なかなかやるねえ」

「つい売り言葉に買い言葉で……」

「まあ実際愛しているんだからな」

たまたま近くに来たから立ちよったのだと言うニコラスは、なぜか夜会での出来事を詳細《しょうさい》まで知っていて、「俺にも伝手《つて》があるんだよ」と笑っていた。しかしからかう口調とは裏腹に、目の奥には緊迫《きんぱく》感を孕《はら》んでいる気がする。

「あのとき取《と》り繕《つくろ》えなかったせいか、マルグリットがよそよそしいんだ……俺の気持ちに気づいて、嫌《いや》がっているんじゃないだろうか」

「なにを言ってるんだ？？？」

「なにって」

胡乱《うろん》な視線を向けられる理由が、ルシアンにはわからない。マルグリットに避けられている、というのが彼の理解する現状だ。食堂にはアンナとともに先に行ってしまうし、話しかけても真っ赤な顔をしておろおろとし、「用事を思い出しました！」と立ち去ってしまう。明らかに迷惑《めいわく》がられている。その原因は先日のことしか思い当たらない。

「どうしたらいいと思う？」

「告白する以外にないだろ」

即答《そくとう》するニコラスにルシアンはためらう表情を見せた。

「……今さらなにを言ってるんだと思われないだろうか」

（今さらなにを言ってるんだこの男は……）

シャロンの苛立ちも理解できる、とニコラスは内心でため息をついた。

家同士の対立に縛《しば》られてつらくあたったルシアンに対して、マルグリットは最初から理解を示し、自分の境遇《きょうぐう》に不満を漏《も》らさず妻の役目を果たそうとした。だがその不遇《ふぐう》を受け入れる考え方のせいで、好意を寄せられているとはまったく想像してもいないらしい。

「ルシアン、君はとにかく言葉を増やしたほうがいい。主語を自分にしろ。自分の思うことを素直《すなお》に言え。行動にも移せ」

長らくユミラの言いつけどおりに行動してきたルシアンには、自分というものがなかった。どうしても欲《ほ》しいもの、譲れないもの、そんな感情は公爵《こうしゃく》位や領地経営には必要のないものだったから。

マルグリットへの恋心を自覚して初めて、ルシアンは自分の中にもそういった欲求があるのだと知った。一方で、慣れない感情はときおり、爆発《ばくはつ》しそうなほど膨《ふく》れあがることもある。クラヴェル家の夜会で、時間を置かなければ話すらままならなかったときのように。

告白するということは、暴発しそうな想いをマルグリットに向けることでもある。

「……隠《かく》しておいたほうがいいのではないか、こんなものは……」

「だめだ」

ぴしゃりと言い切られてルシアンの瞳《ひとみ》がどんよりと沈《しず》む。

「よし、想像してみろ。毎朝、笑顔で挨拶《あいさつ》をしてくれる奥さん」

ルシアンの視線がニコラスをとらえた。濁《にご》っていた瞳の奥が煌《きら》めきを放つ。

「奥さんといっしょに王都へお出かけ」

頬がわずかに染まる。

「手をつないで、楽しそうにお喋《しゃべ》りをしてくれる奥さん」

ルシアンの手が胸元《むなもと》に添《そ》えられる。想像できたらしい、と見てとったニコラスは、

「今のままアプローチを続けても、そんな未来は一生来ない」

「ぐっ」と呻《うめ》き声をあげルシアンがテーブルに顔を伏《ふ》せる。その後頭部をマロンがたしたしと前足で叩《たた》いている。

「断言するな。つらい」

（ルシアンも、社交界では人気のある男だったが……）

無愛想《ぶあいそう》とはいえ、次期公爵という肩書《かたが》きと冷たくも美しい顔立ちは令嬢たちを惹《ひ》きつけてやまなかった。だがそんな彼女らをルシアンは冷たく無視してきた。そのツケがまわってきたとも言える。

（やはり似合いの奥さんだったな）

自分の直感が間違《まちが》っていなかったこと、友人の情けなくも人間くさい一面を垣間見《かいまみ》られたことを、ニコラスは嬉しく思った。思いつつ、真剣《しんけん》な顔でルシアンを見据《みす》え、

「いいか。嫌《きら》われてはいない。これは明言してやる。だからとにかく告白しろ。告白しないと大変なことになる。家が物理的に崩壊《ほうかい》するかもしれん。女の友情を甘く見ちゃいけない。彼女はやるときはやる思いきりがあるぞ……」

「崩壊……？　女の友情？」

「細かいことは気にするな。なにがなんでも告白だ。わかったな？」

有無《うむ》を言わせぬニコラスの眼力に、ルシアンは頷くしかできなかった。

ルシアンは落ち着かなかった。表面上はいつもどおりの冷静さをたもっていると本人は信じていたが、端《はた》から見てもわかるほどにそわそわとしていた。

ニコラスからの脅迫《きょうはく》もとい助言を受け、マルグリットに想いを伝える、と決めた。決めたものの、当のマルグリットからは避けられている。

確実に会えるのは食事の時間のみなのだが、ふたたび食堂に顔を出すようになったアルヴァンや、マルグリットの価値を理解したユミラがあれこれと話しかけるため、むしろルシアンとマルグリットの距離は広がっていた。

「ルシアンをよろしくね」

「いえ、そんな。わたしのほうこそ、ユミラお義母様《かあさま》のあとが務まるかどうか……」

「務まりますよ。わたくしが保証するわ。あなたはもうわたくしを超《こ》えておりますもの」

「……ありがとうございます」

照れたようにマルグリットが笑う。

「俺も――」

「こうして家族皆《みな》でそろって食事ができるのはマルグリットのおかげだね」

自分も同意見だと言おうとしたルシアンを、アルヴァンが遮《さえぎ》った。おまけに自分の間の悪さに気づき「あっ」という顔をするから、ルシアンは余計に話しづらくなる。

アルヴァンなりに、マルグリットを褒《ほ》めつつ、ルシアンにパスを渡《わた》してくれようと画策しているようなのだが、タイミングがあうことはない。不器用な父子であった。

（やはりふたりきりで話をせねば）

まずはマルグリットの居場所を突きとめなければならない。ルシアンはマロンを相棒に選び、嫌がる彼を腕《うで》に抱《だ》きながら屋敷《やしき》内をうろうろと歩きまわった。そんな彼を使用人たちはハラハラと見守った。


「ルシアン！」

呼び声に顔をあげるとアルヴァンが部屋から顔を出していた。中ではユミラがさめざめと泣いている。既視感のある光景だ。

「どうしたのですか」

「マルグリットが次期当主の妻に必要なことを学びたいと言うから、ユミラやぼくが教えていたんだ」

（いないと思ったら父上の部屋にいたのか）

シャロンに宣言したとおり、ルシアンの役に立ちたいと願ったマルグリットは、領地経営や女主人の役割について、公爵夫妻直々のレッスンを受けていたのである。……という名目で、ルシアンと顔をあわせずにすむようにしていた部分もある。

「お礼を言われてしまったよ」

アルヴァンは苦笑《くしょう》した。

――お義父《とう》様が領地へ自ら赴《おもむ》くことで、クラヴェル家との争いをおさめてくださっていたのですね。

マルグリットはそう言ったという。マルグリットから見たド・ブロイ家は、資産といい武力といい、クラヴェル家とは比較《ひかく》にならなかった。ド・ブロイ家が本気になれば、クラヴェル家はいつ潰《つぶ》されてもおかしくなかったのだ。

アルヴァンがたびたび屋敷を留守にしていたのは、なんとか領地を平和に治めようと奔《ほん》走《そう》していたからだと、マルグリットは受けとった。

「ぼくはただ争いを避けていただけだ。それに手際《てぎわ》も悪くて結論をずるずると先延ばしにしてしまう……でもあの子がそう言ってくれたから、自分のやり方も悪くはなかったのかもしれないと思えたよ」

そのときを思い出すようにアルヴァンは目を細めた。

「ただねぇ……一を聞いて十を知るような彼女が一日八時間、みっちり質問攻《ぜ》めにしてくるもので、とうとうユミラが音をあげて」

「それで……」

なんともいえない顔になったルシアンに頷くと、アルヴァンはハンカチを当てて洟《はな》をすするユミラの背をやさしく抱いた。

「ユミラ、いいんだよ。ぼくよりずっと答えられていたじゃないか。君の聡明《そうめい》さにマルグリットも尊敬の眼差《まなざ》しを向けていただろ」

「わたくし……っ、わたくし、自分がこんなに無知だったなんて……」

「そう思えるだけ君は賢《かしこ》いのさ」

「ああっ、アルヴァン、質問に答えられなくとも怯《ひる》まないあなたの姿、わたくし感動いたしましたわ……！　知らないことを知らないと言える謙虚《けんきょ》さは、わたくしに欠けていたもの……！」

（……よくわからないが、父上と母上は大丈夫《だいじょうぶ》そうだ）

情熱的に抱きあう両親を真顔で眺めつつ、ルシアンはそう思った。気が抜《ぬ》けた隙《すき》にマロンはルシアンの腕に猫キックをかまして逃げてしまった。

「そうそう、それで、もう教えることはないからあとはルシアンに聞きなさいと言ったら、顔を真っ赤にして飛びだしていってね」

アルヴァンが眉をさげる。

「なにかあったのかと気になったんだけど――」

光を失った息子《むすこ》の瞳に、アルヴァンは口をつぐんだ。それ以上を尋《たず》ねることは彼にはできなかった。


アルヴァンのように、ルシアンへ呼びかけたい人物がもうひとりいた。

だが、使用人は主人に話しかけてはならない。

悩《なや》んだすえ、彼女は使用人としてはかなり積極的といえる介入《かいにゅう》を試みることにした
——ルシアンの前を何度も横切ったのだ。

ぺこりと頭をさげてそそくさと通りすぎていく使用人の姿を、最初は気に留めなかった
ルシアンだが、彼女がマルグリットの侍女《じじょ》であることに気づくと思わず声をあげた。

「おい」

「はい、ルシアン様」

アンナはぴたりと足を止めた。ルシアンに向き合い、頭をさげて指示を待つ。

「……」

「……」

だが、いつまでたってもルシアンからの指示はない。

無礼にならない程度に頭をあげ、そうっとルシアンをうかがい見て——。

アンナの目が見開かれた。

「……マルグリット様でしょうか？」

思わず言葉が唇からこぼれ出た。ほとんど無意識だった。

そのくらい、ルシアンの表情はこれまでと違《ちが》っていた。幼いころからルシアンは、父であるド・ブロイ公爵にも、母であるユミラ夫人にも、心を許していないところがあった。もちろん使用人に対してもそうだ。笑顔を見せず、弱った態度を見せることもなかった、そのルシアンが。

気難しそうな表情はいつもどおりなのだが、頬はわずかに赤く染まり、決心がつかぬようにアンナに視線を向けている。

（わかっていたけど……わたしなんて、足元にも及《およ》ばなかったわね）

アンナの胸をほろ苦く、それでいて清々《すがすが》しい感情が包む。

「マルグリット様は図書室にいらっしゃいます。刺繍《ししゅう》の図案をさがされているようです」

「ッ、……そうか」

ふたたび頭をさげて告げるアンナに、ルシアンは一瞬《いっしゅん》言葉に詰《つ》まってから頷き、図書室へ向かおうとした。その足がふと止まる。

粗相《そそう》があっただろうかとよぎった不安は、次の言葉によって消え去った。

「……ありがとう、アンナ」

「いえっ、勿体《もったい》ないお言葉です」

思わず裏返ってしまいそうになる声を抑《おさ》え、アンナはより深く頭をさげる。

そんなことを言われたのは初めてだった。

(名前……覚えていてくださったんだ)

もう認めないわけにはいかなかった。

マルグリットは、この家の誰にもできない方法で、ルシアンを変えた。

(どうか、お幸せに——)


——アンナの願いを、知ってか知らずか。

ルシアンは早足で離れの図書室へと向かっていた。心臓は騎馬隊《きばたい》が一斉突撃《いっせいとつげき》をかけたかのように身のうちを叩いて鳴《な》り響《ひび》き、息はあがり、手は震える。

アンナの言ったとおり、図書室には人の気配があった。そこでようやくマルグリットの本好きを思い出す。ノエルに本を贈られてよろこんでいたマルグリットの笑顔。

(そういえば、刺繍道具も……)

アンナもマルグリットの趣味《しゅみ》や居場所を知っていた。侍女だから当たり前のことなのかもしれないが、ルシアンはそれすらも思い至らずに母屋《おもや》をうろうろとしていた。

ルシアンの表情が曇《くも》る。

(本当にこんな自分から愛を告白されて、彼女は嫌がらないのだろうか)

よかれと思った行為が裏目に出るということはざらにある。人間の感情はゼロで止まらない。マイナスになることもあるのだ。

（いや、それでも、逃げ続けるわけにはいかない）

弱気になりそうな自分を励《はげ》まし、図書室の扉《とびら》を開く。

マルグリットはいた。正面のテーブルに座り、本を広げ、手元には刺繍道具を携《たずさ》え、ひと針ひと針、丁寧《ていねい》に手を動かす。目は輝き、口角はわずかにあがって、楽しくて仕方がないといった様子だ。

このところ、ユミラとの対決から夫妻の領地への引《ひ》っ越《こ》しの準備、茶会、夜会、当主交代の引《ひ》き継《つ》ぎなど、マルグリットは多忙《たぼう》を極《きわ》めていた。趣味の時間もろくにとれなかったのだ、と、そこまではルシアンにも理解できた。

扉の閉まる音で人の訪《おとず》れに気づいたマルグリットが顔をあげた。

「ルシアン様……！」

途端《とたん》、マルグリットの表情はこわばり、途中《とちゅう》だった刺繍をぱっと隠した。急いで立ちあがると刺繍を置いてルシアンのもとに駆《か》け寄《よ》る。

あれほどうるさかった心臓が、凍《こお》りついたように鼓動を止めた。

――わたしもあなたを愛する気はありませんので、どうぞご心配なく！

――二〇年後にはどうなるかわかりませんものね！

マルグリットの元気な声が耳にこだまする。

「図書室になにか御用《ごよう》ですか？」

そう言われてしまえば、「君に告白したくて来た」とは言えない。

「……領地の村で見慣れぬ獣《けもの》が出たというので、図鑑《ずかん》と手記を見に」

こんなことだけは真顔ですらすらと言える自分を恨《うら》みつつ、ルシアンはマルグリットのそばを通りすぎると背を向けた。


ぱたんと扉が閉まり、傷心のルシアンが亡霊《ぼうれい》のごとく立ち去ったあと、そんな彼の様子を知らないマルグリットは隠していた刺繍道具を取り出した。

（ルシアン様がいらっしゃるなんて驚《おどろ》いたけれど、どうにか秘密にできそうね）

図書室の大きなテーブルに布を広げ、しげしげと眺める。完成は間近だ。

（うん、我ながらいい出来だわ）

ふんだんに使った青い糸は、染料《せんりょう》に銀が混ざっており、きらきらと輝いて美しい。シャロンが伯爵《はくしゃく》家お抱《かか》えの商会の伝手を使って手に入れてくれたものだった。刺繍をルシアンへの贈りものにしたらどうかというのも、シャロンの案だった。

「手作り、手作りよ！　マルグリットが一番好きなもの。それがルシアン様にわかっていただけるようなものよ」

恋心を自覚したあの日、シャロンはそう力説した。

その言葉に従って、図案もマルグリットが考えた。色の表現も図鑑や絵画集を参考にしたくて、図書室にこもりっぱなしだ。

正直、あれほどの贈りものへの返礼が自作だなんて、失礼ではないかと思ったのだが、シャロンは自信たっぷりだった。

「マルグリット、あなたは自分を卑下《ひげ》しすぎよ。ルシアン様は必ずよろこんでくださるわ」

「そうかしら」

「ルシアン様もあなたも相手の気持ちばかりうかがって、自分のことを言わないのよね。しかも経験値不足で斜《なな》め上の推測をするし……」

笑顔から一転、腕組《うでぐ》みをして渋面《じゅうめん》を作っていたシャロン。

布をたたんで包みに入れ、道具を片付ける。想像よりもずっとうまくできた、と思う。

（ルシアン様がよろこんでくださるといいな）

これまでならば図々しいと自分を戒《いまし》めていたような期待が胸に芽生える。渡したときの顔を見ればわかる、とシャロンは力強くうけあってくれた。

図柄《ずがら》ができあがっていくにつれ、マルグリットの気持ちも前向きになった。ルシアンのことを考えながらすごした時間はとても楽しかった。嫁《とつ》いできてからのルシアンとの思い出を、ひと針ひと針に込めたつもりだ。

奪《うば》われることはあっても、自分から誰かに贈ることはなかったから。

（愛されたいなんて欲張ってはいけないわね。ルシアン様のお役に立てるよう精いっぱい励みましょう。ときどき贈りものを許していただけたら、わたしは十分に幸せだわ）

また明後日の方向へ決意を飛ばしつつマルグリットはわくわくと胸を弾《はず》ませた。

避けられていると信じたルシアンが落ち込んでいるとは知らずに。


マロンを腕に抱きながら、ルシアンは無言で室内を往復していた。

といっても、マロンをあやしているわけでもなければ、運動をしているわけでもない。

マルグリットは今日も図書室に閉じこもりっぱなしで、そこからひっぱりだす勇気がルシアンにはない。

図書室での一件は、ルシアンの心に相応のダメージを与《あた》えた。あれほど楽しそうにしていた趣味の時間を、マルグリットはルシアンが入ってきた途端に中断し、彼から隠した。心を開いてなどいないのだと言われたような気がした。直後の自分の言い訳も情けなさすぎてトラウマである。

（マルグリットに話しかけるには、図書室から戻ってくるところをつかまえるしかない）

食堂でも図書室でも失敗したルシアンは、そう思い込んでいる。

マルグリットがルシアンの部屋の前を通ったところで、〝部屋に入り込んできたマロンを外に出してやろうとしたような顔〟をしながら扉を開ける作戦だ。

かすかな足音を聞き漏らすまいと、ルシアンの表情は険しく、唇は引き結ばれて部屋には静寂《せいじゃく》が落ちる。ルシアンを嫌っているマロンも、飼い主のあまりの真剣さに逃げ出そうとする気力を失ったらしく、おとなしく腕の中で抱かれている。

（……来た）

聞き逃《のが》してしまいそうな小さな音だが、規則正しく床《ゆか》を蹴《け》るヒールの音がルシアンの耳に届く。足音は一直線にルシアンの部屋へ近づき、通りすぎて、マルグリットの部屋の前で立ち止まるはずだ。その瞬間《しゅんかん》を狙《ねら》ってドアを開ける。

片腕でマロンを抱き、片手をドアノブにかけ、ルシアンは待った。

いつでもドアを開けられる体勢のまま、ルシアンは眉を寄せる。

（……？　おかしい）

足音が通りすぎない。

とはいえ、マルグリットが部屋の近くにいるのは確実である。

（様子がわからないが、外へ出よう）

ルシアンがぐっとドアノブを握りなおした――。

その瞬間だった。

開けようとしていたドアから、コンコンコン、とノックの音がした。

「ルシアン様？」

「⁉」

「フギャーッ‼」

マルグリットの声に名を呼ばれ、今まさにドアを開こうとしていたルシアンは思わずマロンを抱きしめてしまう。突然《とつぜん》の熱い抱擁《ほうよう》にマロンは毛を逆立てて叫び声《さけごえ》をあげた。爪《つめ》が出なかったのは、さすがに王家から贈られた猫といえる。

「な、なんだ？」

上ずった声で尋ねてから、反応が早すぎたかとひやりとした。これではドアの前で待機していたのが悟《さと》られてしまうのでは。

しかし答えるマルグリットの声は、少し沈んでいて。

「あの、少々よろしいでしょうか。お渡ししたいものが」

「！」

顔を見ずに、ドア越《ご》しに対応する気だと思われたのだ。

ルシアンは大慌《おおあわ》てでドアを開け、マルグリットを部屋へ招き入れる。

「すまない、マロンが、部屋に入ってきて……捕《つか》まえていたんだ」

「まあ、そうだったのですね」

ルシアンの腕の中で、抱かれすぎて毛に癖《くせ》のついたマロンが、「ウナァ～」と反論の声をあげた。

「――で、なんの用だ」

「それは……」

焦《あせ》った顔で用件を尋ねるルシアンに、(お邪魔《じゃま》虫になってしまったわ)とマルグリットは肩《かた》を落とした。ルシアンがドアを開けたがらなかったはずだ。自分から部屋に入ってきたと言っていたから、マロンがついになついたのだろう。貴重な逢瀬《おうせ》を奪ってしまった。

「申し訳ございません、せっかくのマロンとの時間を」

言った瞬間、マロンはルシアンの腕を蹴ると、マルグリットの腕に飛び込んだ。

「ニャアアアン!」

「マロン!?」

焦って抱えるマルグリットの正面で、ルシアンは空っぽになった腕をまだ猫の形に構えて立っている。呆然《ぼうぜん》とした表情は、マロンとルシアンの時間が完全に終わってしまった、という絶望に、マルグリットからは見えた。

ルシアンの腕へ戻そうとするマルグリットをしり目に、マロンはしがみついて離れようとしない。意地のような「ゴロゴロゴロゴロ……」という喉《のど》鳴りの音が部屋に響く。

「も、申し訳ございません！」

「いや、……小細工を弄《ろう》するなということだろう」

「小細工、とは……？」

ルシアンの顔がぐっと険しいものになる。同時に頬から耳の先まで赤みが広がり、それが怒《いか》りを表すものではないことをマルグリットは思い出した。

(照れて、いる……？)

「マロンが部屋に入ってきたというのは嘘《うそ》なんだ。本当は、君と話がしたくて……図書室から戻ってくるのを、待っていた」

(わたしと、お話を……？)

嬉しい、と心が騒《さわ》ぐ。

眉を寄せているルシアンを見上げ、マルグリットはマロンを抱く腕に力を込めた。マロンといっしょになってかさりと音を立てるのはリボンをかけた包み。マルグリットがルシアンの部屋へやってきた理由だ。

赤くなってゆくマルグリットとルシアンの顔を交互《こうご》に眺め、マロンはするりと足元に降りた。お座りの姿勢でふたりを見上げ「ニャア」と鳴く。

(応援してくれているのね)

小さく呼吸を整えて、マルグリットは両手で包みをさしだした。

「これを、ルシアン様に」

「……!?」

ルシアンの深海色の目が見開かれる。そのくらい、信じられなかったのだ。しかし聞き間違いではない。何度まばたきをしても、包みはルシアンにさしだされている。

おそるおそると受けとり、リボンの真紅《しんく》に目を細める。

（彼女が俺に贈りものを……!?　いや、待て、浮かれるのは尚早《しょうそう》だ。贈りものとは限らないのだし、贈りものだとしても好意だとは限らない。俺の与えたものに対する形式的な返礼の可能性が……）

身体じゅうを満たすよろこびのあとにコンマ一秒でブレーキをかける思考がめぐっていき、ルシアンははたと気づいた。告白しろ、とニコラスが言った理由。

（彼女もこんな気持ちだったのか）

ルシアンからなにか贈られるたび、生まれていたのは困惑《こんわく》だったのかもしれない。

「開けてみても？」

「はい」

マルグリットは緊張《きんちょう》した面持《おもも》ちで、リボンを解くルシアンの手元を見つめている。

取り出した布を開いて、ルシアンはふたたび目を見張った。

「タペストリーなのです」

照れたように言うマルグリット。

縁《ふち》どりのされた布には、煌めく蒼《あお》糸で図案化された波紋《はもん》が縫《ぬ》いとられていた。その狭間《はざま》で遊ぶのは様々な海の生物たち。彼らといっしょに、楽しげに泳ぐのは――マロン。

ふたたびマルグリットの腕の中へおさまったマロンも、興味ぶかそうに覗《のぞ》き込んでいる。

「俺のために作ってくれたのか」

「は、はい」

糸でできた波に洗われるように、心がすっと穏《おだ》やかになった。このタペストリーにはマルグリットの真心が詰まっている。図書室での態度の理由もわかった。怖《こわ》がられていたのではなく、これを秘密にしておきたかったのだ。

「……ありがとう」

その表情に険はなかった。

急に真っ赤になってしまったルシアンの、ものすごく照れたような……はにかんだ笑顔を見て、マルグリットの顔もまた赤くなる。

「そ、その、たくさん贈りものをいただいたのですが、わたしからはお返しをすることができませんでしたから……」

わたわたと言い訳めいたことを告げる口を、マルグリットはふとつぐむ。

違う。自分が言いたいのは、そんなことではなくて。

「ルシアン様によろこんでいただきたくて、わたしの好きなものを、一番得意なことで表現してみたのです」

「ああ、嬉しい。とても嬉しい」

ルシアンの手がマルグリットの頭にのせられる。

「自分のためになにかをしてもらうことが、こんなに嬉しいなんてな」

「……！」

目を細め、あどけないとも言える笑顔で。まっすぐに告げるルシアンの言葉に、マルグリットの鼓動が跳《は》ねる。

渡せばわかると言ったシャロンは正しかった。

「海に行きたいと、言っていたな」

どうやって距離を縮めればいいのかと悩んでいた自分が滑稽《こっけい》で、ルシアンは苦笑した。マルグリットは最初から、彼女の望みを伝えていた。想いを伝える術《すべ》すら知らず、ずいぶんと遠まわりしたものだと思う。

「仕事が落ち着いたら、ド・ブロイ領へ行こう。俺も幼いときに行ったきりで、領地を継《つ》ぐなら現地の様子を見ておかねば」

「本当ですか⁉」

マルグリットがぱっと顔を輝かせる。すぐに視線は夢見るようになり、ほうっと息が漏れた。

「わたし、クジラが見たいのです。クジラという大きな大きな生きものが海にはいて、呼吸のたびに泉を吹きあげるのだそうですわ」

「聞いたことがあるな。船を出せば見られるだろう」

「ああ楽しみ！　それに、魚ではない変な生きものもたくさんいると図鑑で見ました」

タペストリーにはそんなマルグリットの憧《あこが》れが詰め込まれている。

「あっ、申し訳ありません。わたしの話ばかり……」

ルシアンによろこんでほしかったのに、と言いたげに、マルグリットの眉がさがる。

そんな表情を見たら、ごく自然に、言葉は形になった。

「いいんだ。俺は君が好きだから、マルグリット」

マルグリットの髪《かみ》を撫で、ルシアンはほほえむ。

「君の話が聞きたい。君のよろこぶことが、俺のよろこぶことだと思ってくれていい」

「……」

「……？　どうした？」

真顔で黙《だま》り込むマルグリットに、ルシアンが首をかしげる。

突然、落ち着きかけていたマルグリットの顔色が、ぼっと火を噴《ふ》くかのように赤く染まった。頬だけでなく、耳の先から首まで、湯気が出そうなほど真っ赤だ。

「え……」

これまでの比ではない反応に、ルシアンは記憶《きおく》を巻《ま》き戻し――。

「……君が好きだと、言ったな。たった今、俺が」

「は、はい……」

不意打ちに告げた想いがマルグリットを動揺《どうよう》させているのだと気づく。

「えっと、とても都合のいい幻聴《げんちょう》が聞こえた気がするのですが、なにかの間違い――」

「ではない。俺の本心だ。愛さないなどと見栄《みえ》を張った手前、臆病《おくびょう》になってしまったが」

ルシアンは身を屈《かが》め、ひと房《ふさ》すくいあげた髪に口づけを贈る。さらりと揺《ゆ》れた黒髪の合間から上目遣いに覗き込まれて、マルグリットの混乱は加速した。

「気のせいにされてはかなわん。もう一度言おう。君が好きだ、マルグリット」

ルシアンの唇の端《はし》に笑《え》みが浮かぶ。

「君にとって都合のいい言葉なのだな」

「あ、ああ……っ!?」

顔を押さえて悲鳴をあげるマルグリット。

「あ、ありがとうございます！　ル、ルシアン様からのご期待に沿えるよう、励む所存でございますので、今後とも何卒《なにとぞ》ご指導ご鞭撻《べんたつ》のほどよろしくお願いいたします……！」

ひと息に告げるなりマルグリットはマロンをルシアンに押しつけると、部屋を出ていってしまった。隣室《りんしつ》のドアが開く音がして、すぐに閉まる。

ルシアンはマロンと顔を見合わせ——膝から崩《くず》れ落《お》ちた。

(かわいい……)

テーブルを支えになんとか立ちあがる。忘れていた鼓動がよみがえり、心臓の中を騎馬隊が走り抜ける。耳の先まで真っ赤になりながらルシアンは胸を押さえた。

——ルシアン様からのご期待に沿えるよう、励む所存でございますので……!

(それは、そういう意味に受けとっていいのだろうか)

隣室につながるドアを見る。

マルグリットの部屋からはなんの音も聞こえない。

自分の部屋に戻ったマルグリットも、アンナがやってくるのを待ちながら、鍵《かぎ》のかかったドアを見つめていた。ドアの向こうで、ルシアンはどんな顔をしているのだろう。

——君が好きだ、マルグリット。

——君のよろこぶことが、俺のよろこぶことだと思ってくれていい。

騒音《そうおん》じみた鼓動の合間に、ルシアンの声がよみがえる。

(そんな幸せなことが……ありえる……?)

HIIN

壁一枚を隔《へだ》て、ふたりは、互《たが》いに赤い顔をしたまま呆然と立《た》ち尽《つ》くしていた。

ドキドキと騒がしい鼓動を抱え、マルグリットはベッドに臥《ふ》せていた。アンナに頼《たの》んで、今朝は食堂へ行けないことを伝えてもらった。一晩たったのに、心臓はまだおとなしくならない。クラヴェル家の夜会から戻ってきたときよりもひどい。

（ルシアン様が、わたしのことを、好き……）

話を聞きたいだなんて、言ってくれる人はいなかった。彼の妻となった自分はとても幸せ者だ。……今までなら、ここで思考は止まっていたのに。

知ってほしい、と思ってしまった。

互いのことを知って、笑いあいながら暮らしていく未来を、望んでしまった。

「どうしたのだ、マルグリットは。具合でも悪いのか？」

食堂ではアルヴァンがアンナに尋ねていたが、

「いいえ、体調は問題ないかと……」

アンナはちらりとルシアンを見る。その視線を追って、盛大《せいだい》に顔を赤らめてぎくしゃくと食事をしている息子の姿を認め、アルヴァンはにっこりと笑った。

さらにその数時間後、

「どう思う、これはいい雰囲気《ふんいき》か」

徹底的《てっていてき》に人払いをした応接間で、ニコラスを呼び出したルシアンは、必死の形相で友人の意見を聞こうとしていたとか。


クラヴェル家の食堂をモーリスは苛立たしげに歩きまわっていた。

すでに席についているイサベラの前には料理が並べられているが、イサベラは顔をしかめて食べようともしない。食堂には険悪なムードが漂《ただよ》っていた。

「いつになったらマルグリットは取り戻せるんだ？」

モーリスは自分の席を指さした。

「なんだこのスープは！　豆しか入っておらんではないか。パンも硬《かた》い、テーブルには汚《よご》れが！」

主人がそう怒鳴《どな》り声をあげても、駆けよってきて汚れを拭《ぬぐ》うメイドはいない。

マルグリットが嫁いだあと、マルグリットの残した資料をイサベラに渡したモーリスは、「こんなの簡単よ」と言った娘《むすめ》の言葉を全面的に信じた。結果、ものの数か月でクラヴェル領からの税収は三割減となった。マルグリットが領地に蓄《たくわ》えを命じていなければ、それどころではすまなかっただろう。

使用人たちを解雇《かいこ》せねばならなくなって初めて、モーリスは自分の教育が間違っていたことに気づいた。イサベラでは領地の経営はできない。これほど家の財政が逼迫《ひっぱく》していながら取り巻きたちを呼んで夜会を開いているほどの経済感覚である。

なお忌々《いまいま》しいことには、モーリスひとりの手にも、全領土の管理は余るのだった。

マルグリットを呼び戻すほかはない、とモーリスは考えた。

イサベラもそれに賛成し、手を尽くそうとうけあった。王家にド・ブロイ公爵家の非道を訴《うった》えれば、ド・ブロイ公爵家を没落《ぼつらく》させ、マルグリットを取り戻すこともできる。

そんな薔薇色《ばらいろ》の未来に、父娘《おやこ》が手を取りあって、すでにひと月以上がたっている。

もちろん、計画はうまく進んではいなかった。

「お前が任せろと言ったから任せたのに、なにも変わらないではないか。そのうえ夜会に金を使って！」

「その夜会で、証拠《しょうこ》をつかもうと思ったのよ！」

ルシアンが不貞《ふてい》を働くか、応対に激怒《げきど》してイサベラや招待客に手をあげるか。いずれにせよ〝両家の懇親《こんしん》のため〟〝仲睦《むつ》まじく〟という王家の命を破ることになるはずだった。

それを、ルシアンはいなしたばかりか、取り巻きからの羨望《せんぼう》の念さえ奪ってしまった。

「話が違うわ。お姉様が、あんなに大切にされているなんて……！」

そのことがイサベラには悔《くや》しくてたまらない。

マルグリットがド・ブロイ家でどのような暮らしをしているかも、夜会での出来事も知らないモーリスは、これ見よがしな長いため息をついた。

「まったく、マルグリットではなくお前をド・ブロイ家に嫁がせればよかった」

それはイサベラにとってみれば最大の侮辱《ぶじょく》だった。

しかし同時に、隠された望みでもあった。

「あたしだってお姉様みたいな暮らしがしたかった!!」

かんしゃくまぎれに料理の皿をひっくり返し、イサベラが叫ぶ。

マルグリットがいれば、彼女のせいだと目の前で罵《のの》り、床に落ちた器《うつわ》やスープを片付けさせることができた。しかしマルグリットはいない。なにもかもがイサベラを苛立たせる。

自分が結婚《けっこん》を押しつけたことは、イサベラの中ではなかったことになっている。

(お姉様のせいであたしは幸せになれない……!!　あの場所にいるべきはあたしだった……きれいなドレスと宝石に囲まれて……)

イサベラの表情に憎《にく》しみが満ちてゆく。

モーリスが思わず後ずさったほどに、イサベラは凶相《きょうそう》を表していた。

「お父様のせいじゃない!! お父様がお姉様をド・ブロイ家に嫁がせたから!! 粗末《そまつ》な食事もお金がないのも、みんな考えなしのお父様とお姉様のせい!!」

「イ、イサベラ……」

コンコンと部屋の外から鳴らされたノックは、モーリスにとっては救いの響きだった。

「入れ!」

イサベラの怒りが逸れることを祈《いの》って応じると、頭をさげて入ってきたのはメイドのひとり。恭《うやうや》しくさしだした両手には、手紙ののった盆《ぼん》を携えている。

一通は、マルグリットからのもの。もう一通は、それよりも上等な白い封筒《ふうとう》だった。封筒に捺《お》されているのは翼《つばさ》を広げた不死鳥《フェニックス》——王家の紋章《もんしょう》だ。

イサベラは我に返ったように目を瞬《しばたた》かせた。

ついで、金切り声をあげていた唇はにんまりとたわむ。

(そうだわ、あたしにはノエル様がいるじゃない)

テーブルをまわり、イサベラはモーリスに近よった。びくりとモーリスが震えるのもかまわず手をとると、美しい笑顔を見せる。

「取り乱してしまってごめんなさい、お父様。あたしの計画は順調なの。すぐにこの家はもとどおりになるわ」

モーリスからの返事はなかったが、イサベラは気にしなかった。

彼女の中ではもう父親の歓心《かんしん》はとるにたらないものであり、クラヴェル家すら興味の対象ではなかった。


マルグリットから刺繍入りのタペストリーを贈られ、思わず漏らした本音で互いに赤面してから、一週間。

ルシアンは焦《じ》れていた。

(もう限界だ……妻がかわいすぎる)

据《す》わった目でそんなことを考えているルシアンに、マロンが「シャーッ」と威嚇の声をあげる。一週間がたって落ち着いたルシアンに対して、マルグリットはあいかわらずで、ルシアンの顔を見るたびに頬を赤らめて逃げてしまう。

(このかわいい反応を見て、どうして嫌われているなどと思ったのか)

ルシアンを意識する態度に胸をときめかせ、自分にそんな感情があったのかと驚く。

おまけに、どうやら顔は勝手にほほえんでしまっているらしく、目があったマルグリットがまた顔を赤くする。正直に言って、その表情は、自分以外に見せてほしくないという独占欲《どくせん》をかき立てるほどにルシアンの心をわしづかんで、握り潰しそうになっていた。

想像もできないほど幸福な時間。だが、マルグリットを見つめるルシアンの目は鋭く細められる。

(あれは——)

頬を染めながら俯くマルグリットの表情に一瞬、怯《おび》えのような感情がよぎるのを、ルシアンは見逃《みのが》さなかった。


そのころ、マルグリットは、自室で頭を抱えていた。

(ルシアン様の前に出ると、挙動不審《ふしん》になってしまうわ……)

少し離れたところではアンナが明日のドレスをチェックしている。自分の手でマルグリットを磨《みが》きあげ、ルシアンを赤面させるのが、近ごろのアンナの楽しみだ。

マルグリットだってしばらく照れて挙動不審になったあとは、ルシアンの愛を受け入れるだろうと、アンナは楽観的に考えていた。

「——マルグリット様？」

ふと顔をあげて、マルグリットの様子がおかしいことにアンナは気づく。

「マルグリット様、どうされたのですか⁉」

「アンナ……」

マルグリットは血の気の引いた顔で、弱々しいほほえみを浮かべた。

「……変よね。とっても幸せよ。幸せなはずなのに……」

――お姉様は家じゅうの者から嫌われて、誰にも愛されずに生きてゆくのよ！

マルグリットの耳に、イサベラの言葉がこだまする。

愛されたいとは願っていなかった。実家に比べれば平穏《へいおん》といえる環境で、ちまちまとした嫌がらせを受けながら生活が保証されていればそれで十分だった。それが、豪勢《ごうせい》な部屋と衣装《いしょう》を与えられ、義両親とも笑顔で食卓《しょくたく》を囲むことができるようになった。なにより夫はマルグリットを尊重し、願いを叶《かな》えてくれようとする。

すべてがマルグリットを祝福するかのように動いていく。

「わたしばっかりこんなに幸せじゃあ、罰《ばつ》を受けるんじゃないかという気がするの……」

ルシアンからの愛を受け入れる前に、父やイサベラと話をせねばならない。そう考えたマルグリットはクラヴェル家に手紙を書いたのだが、返事はなかった。

「きっと許してくれないわ……あのひとたちは……」

「マルグリット様……」

今さらながらにアンナはクラヴェル家の呪《のろ》いの根深さを知った。

アンナが垣間見たのは、晩餐《ばんさん》会でのクラヴェル家の人々と、先日ノエル王子の威光《いこう》を笠《かさ》にマルグリットの部屋にまで入り込んできたイサベラの態度だけ。でもそれだけでも、マルグリットがどれほどの悪意を浴びて育ってきたのかは十分にわかった。

アンナの目から、ぽろぽろと涙がこぼれる。

「アンナ⁉」

突然泣き出したアンナに、マルグリットは驚きの声をあげ、あたふたと駆けよってくる。ドレスが濡《ぬ》れるのもかまわずにアンナを抱きしめると、「どうしたの？」と心配そうに声をかけた。

（こういう方なのだわ）

それが自分ではないというだけで、マルグリットはとてもやさしい。なのに自分のことには無頓着《むとんちゃく》だ。ユミラが激昂《げきこう》したときも、マルグリットはわが身《み》を盾《たて》にして、ユミラの扇《おうぎ》からアンナを守ってくれた。アンナを傷つけられることには怒りを見せるのに、自分の身体に傷がつくことくらい当然の環境でマルグリットは生きてきたのだ。

嫁いできたばかりのころ、なにをしても笑っていた強いマルグリット。あのころの彼女は自分は幸せ者だと自信をもって言えていたというのに。

今、すべてが彼女にとって幸福な環境が整いつつあることを、怖がっている。

「マルグリット様。マルグリット様は、幸せになっていいんです」

涙声《なみだごえ》に鼻を詰まらせながら、アンナは必死に訴えた。

「ほかの誰がなにを言おうと。それがルシアン様の望みなんです」

ルシアンの名に、マルグリットの瞳が揺れた。

青い目に走ったのは怯えだ。ルシアンが気づいたものにアンナも気づく。

(ああ――……!)

アンナはうなだれた。自分ではどうにもできないのだ。マルグリットの心がルシアンを変えたように、マルグリットを変えるにはルシアンでなければ。

(ルシアン様、どうか……マルグリット様が不安にならないほどの愛を)

祈るような気持ちでアンナはマルグリットの手を握った。


「マルグリット」

廊下《ろうか》を足早に去ろうとするマルグリットの背中に、ルシアンの声が届いた。

名を呼ばれてマルグリットは顔を赤らめる。

ルシアンがやってくるのを認め、方向転換《てんかん》してしまったのはあまりにも失礼だった。それ以前に、近ごろの態度は決して褒められたものではない。話しあいに応じないクラヴェル家の態度が、マルグリットをいよいよ焦らせ、ルシアンに近づけない。

好きだと言ってもらったのに、マルグリットはその返事もできずにいた。

(今度こそルシアン様を怒らせてしまうかもしれないわ)

直々に呼ばれてしまったのだ。聞こえなかったふりもできないし、当然逃げるわけにもいかない。

「ルシアン様――」

「話したいことがある」

ふりむいたマルグリットの腕を、逃さないとでも言うかのようにルシアンがつかんだ。叱《しか》られるのだろうと思う。それなのに、ルシアンの手の力強さに、心臓は嵐《あらし》の中の船のように跳ねまわる。

(お許しください。わたしはこのところ変なのです。しばらくすればもとに戻ります)

告げるべき言葉を心の中で準備する。詳細は語らず、これで押し通すしかない。そして早くいつもどおりの態度をとれるようになって――。

「――……」

顔をあげたマルグリットは、用意した言葉を口にすることができなかった。

ルシアンの深海色の瞳。その複雑な色合いに吸い込まれそうになる。

このところマルグリットを惑《まど》わせていたほほえみは消え、ルシアンは以前のような、眉を寄せた厳しい顔つきをしていた。

そのことになぜかほっとする。

甘い視線を向けられたら、恥《は》ずかしくて耐《た》えられない。望んでしまいそうになる。ルシアンとの未来を。幸福を。

だが想像に反して、ルシアンが告げようとしたのは、お叱りの言葉などではなく。

「マルグリット。君は――」

ふつりと、言葉はそこで途切《とぎ》れた。

ルシアンが顔をあげるのにならってマルグリットもふりむく。

廊下の反対側から、青ざめた顔の執事《しつじ》が、彼らしくない無作法さで足音を立てて駆け寄ってくる。

ルシアンとマルグリットもリチャードへ向かって急いだ。

それほどに緊急《きんきゅう》の用事だと表情が告げていた。

「――ノエル・フィリエ第三王子殿下《でんか》がお越しになりました。イサベラ・クラヴェル様もごいっしょです」

悲鳴をあげそうになり、マルグリットは手で口元を覆った。

――もらって帰ってもいいわよね？　いつもあたしの好きなものをくれたじゃない。

イサベラの声がこだまする。

倒《たお》れ込んでしまいそうなマルグリットを支えるルシアンもまた、波乱の予感に眉をひそめていた。

第七章✦愛の誓い

「ああ、そんなに身構えないで。今日はいい話を持ってきたんだよ」

ド・ブロイ家の応接間で、ルシアンとマルグリットの前に現れたノエルは、いつかと同じ台詞《せりふ》を告げ、いつもの笑《え》みを浮《う》かべていた。

しかし彼の背後には、普段《ふだん》の数倍の従者たちが、まるで騎士《きし》のようにいかめしい面構《つらがま》えで並んでいる。

「実は、このたび、隣国《りんごく》との和平条約が成ってね。いや、まさか半年もたたずにこの件が解決するなんて思ってもいなかったよ」

上機嫌《じょうきげん》な声で言われても、隣《となり》でノエル以上の笑顔《えがお》を見せるイサベラがもたらすものは波乱の予感でしかなく、ルシアンとマルグリットは緊張《きんちょう》の表情を隠《かく》しきれない。

イサベラはそんなふたりを見てほくそ笑んでいる。

「それもこれも、ド・ブロイ家とクラヴェル家が王家の願いを聞き入れて、協力してくれたおかげだよ。本当にありがとう」

「勿体《もったい》ないお言葉です」

「脅威《きょうい》が去った今、あらためて考えてみれば酷《ひど》い話だよ。すべてが突然《とつぜん》すぎたからね」

頭をさげるルシアンとマルグリットに、ノエルは苦笑いを浮かべた。すぐにその表情は凛々《りり》しいものに変わり、

「ド・ブロイ家およびクラヴェル家には、王家の要望を余すところなく叶《かな》えてもらい、国王・王妃《おうひ》両陛下ともども非常に感謝している」

「臣下として当然のことをしたまででございます」

「両家の忠誠心に報《むく》いるべく、王家は本件から手を引く」

「……？」

意図がわからずに反応を返せないでいるうちに、ノエルはあっさりと告げてしまう。

「つまりね、両家の婚姻《こんいん》はもう強制されるものではない。ふたりが今の立場に違和感《いわかん》を持っているなら、解消してもいいと思っているんだ」

ルシアンとマルグリットは息を呑《の》んだ。

「王家はこの婚姻の解消を許可する。もちろん、婚歴《こんれき》はないものとして扱《あつか》わせてもらうよ。離縁《りえん》ではなく、最初からなかったことになる」

やさしげな声色《こわいろ》でノエルは語りかける。だがその瞳《ひとみ》の奥にどのような色が浮かんでいるのかをうかがい知ることはできない。

マルグリットはこわばった表情でルシアンを見た。ルシアンもまた、青ざめている。予

想していたこととはいえ、こんなに早くそのときが来るとは思っていなかった。

「もちろん、両家がこのまま親戚《しんせき》付き合いを続けたいというのなら、王家は大歓迎《だいかんげい》だよ。けれども無理をすることはないんだ。なにせ——」

ノエルは背後に控《ひか》えたイサベラをふりむいた。ノエルの語る言葉を退屈《たいくつ》そうに聞いていたイサベラは、ようやく出番が来たのかと表情を輝《かがや》かせて前に出る。

「このイサベラ嬢《じょう》がね、姉がいじめられていると。聞くに堪《た》えない酷い扱いを受けていると何度も訴《うった》えているんだ」

「はい、そのとおりでございます」

笑顔から一転し、イサベラは顔を伏《ふ》せると弱々しい声で頷《うなず》いた。

「ド・ブロイ家の方々は、王家の命にもかかわらずお姉様をないがしろにし、物置のような部屋に住まわせ、使用人同然の扱いをして暴言を吐《は》き、外に出るときや人に会うときだけ着飾《きかざ》らせて……」

小さな悲鳴が漏《も》れそうになって、マルグリットは口元を押さえた。それが王家への偽《ぎ》証罪《しょうざい》となることは伝えたはずだ。なのにイサベラは行動を改めず、それどころかノエルの前で直接口にしてしまった。

なお悪いことには、それは半分だけは真実なのだ。ルシアンがマルグリットの待遇《たいぐう》を改めるまで、ド・ブロイ家の面々は悪意を持ってマルグリットへ接していた。

震《ふる》えるマルグリットへ微笑《びしょう》を投げかけ、ノエルは顔を覗《のぞ》き込む。

「思い当たるふしがあるみたいだね？」

「いえ……」

「これまでのふたりの様子から、ぼくも問題なしと考えていたんだけどね。イサベラ嬢がこれほどに言うのだからもう一度調べ直さなくてはならない」

首を振《ふ》るマルグリットにノエルは淡々《たんたん》と言い聞かせた。その一言一言がマルグリットにとっては真綿で首を絞《し》められるような息苦しさをおぼえさせる。

「王家の名でド・ブロイ家の方々を呼び出さねばならないだろう。使用人まで含《ふく》めてね」

アルヴァンやユミラはともかく、使用人たちには耐《た》えられまい。ユミラの命令でマルグリットにつらくあたっていたことが露見《ろけん》する。

そうなれば――王家の勅命《ちょくめい》に背《そむ》いたとして、ド・ブロイ家の没落《ぼつらく》は免《まぬが》れない。

心臓が壊《こわ》れたように鳴《な》り響《ひび》く。遠ざかってしまいそうになる意識を必死でつなぎとめながら、なにを言えば弁明になるのかとマルグリットは必死に考える。

ノエルに寄《よ》り添《そ》うようにしてそんな姉の顔を覗き込み、イサベラは嬉《うれ》しそうに囁《ささや》く。

「ね、お姉様。つらかったでしょう？　クラヴェル家に戻《もど》ってきてくださっていいのよ。あたしもお父様も、ド・ブロイ家が非を認めてお姉様を解放してくだされば、大事にはしないつもりなの」

「イサベラ――」

「ノエル様にもそう申しあげたのよ。この婚姻自体をなかったことにするなら、ド・ブロイ家の〝罪〟も軽くなる」

ああ、とマルグリットの唇《くちびる》から、小さな呻《うめ》き声が漏れた。

罪になることはもう定まっているのだ。やはりそうだった。自分に幸せなど不相応だったのだ。自分はド・ブロイ家の迷惑《めいわく》にしかなれない。

「ルシアン様」

隣に立つルシアンがどのような表情をしているのか、怖《こわ》くて見上げることもできない。

好きだと言ってもらえただけで十分だ。そう思おうとするのに、心臓は鈍《にぶ》く軋《きし》んだ音を立てた。痛みすら覚え、ドレスの胸元《むなもと》を押さえる。

(言いたくない)

けれど、言わなければならない。わななく唇を叱咤《しった》して、マルグリットは口を開いた。

ルシアンの幸せを望むなら――。

「ルシアン様。……わたしを、離縁してください」

涙《なみだ》をこらえながら、震える声が願いを紡《つむ》ぐ。

(やったわ――!)

絶望に満ちた顔でマルグリットが離縁を告げるのを、イサベラは歓喜《かんき》の心で聞いた。一応はしおらしげな表情を取《と》り繕《つくろ》ってはいるが、頬《ほお》は紅潮してぴくぴくと震え、今にもよろこびの声をあげてしまいそうになる。

（敵の家に媚《こ》びてなんかいるからよ。いい気味だわ）

父と妹の横暴に慣れたマルグリットは、どれほど無理を言っても表情を変えることがなかった。そのマルグリットが、政敵であるド・ブロイ家で裕福《ゆうふく》に暮らしているなどあってはならないことだ。

だから罰《ばつ》がくだったのだ、とイサベラは唇を歪《ゆが》める。ノエルや王家も、不似合いに高級な公爵位を持つド・ブロイ家が疎《うと》ましかったに違《ちが》いない。

（それにきっと、あたしに気があるんだわ。自分に権力があるところを見せたいのね）

ちらりとノエルを盗《ぬす》み見《み》て、整った顔立ちにイサベラは目を細めた。

王族といえども、国を継《つ》ぐのは第一王子だ。王位継承《けいしょう》の順位がくだるにつれ、自由になる財産も減ると聞く。ド・ブロイ家もそういった立場の第四王子を婿《むこ》に受け入れて公爵位を得たのだと、モーリスも言っていた。

（ノエル様を婿に迎《むか》えてさしあげれば、クラヴェル家も公爵位を授《さず》かるかも。お父様は経営が下手なようだし、領地もノエル様の好きに使わせてあげましょう。王家の庇護《ひご》があれば、お姉様なんていらなかったかもしれないわね）

根拠《こんきょ》のない未来の幸福に、イサベラの胸は膨《ふく》らんでゆく。

その正面では、マルグリットが青白い顔で唇を噛《か》んでいた。

胸に浮かんでくるのは後悔《こうかい》の言葉。

(全部わたしのせいだわ。わたしがなにも言わなかったから、イサベラは罪の意識を持たずに育ってしまった。わたしがへらへらと笑っていたから、アンナたちに迷惑をかけてしまう……なによりも、ルシアン様に)

逆らわないのが自分を守る方法だった。それが一番楽で、一番傷つかないはずだった。なのに今になって、増長したイサベラは王家すら巻き込み、ド・ブロイ家を押し潰そうとしている。その中心にいるのはマルグリットなのだ。

姉としてイサベラに真摯《しんし》に向きあっていれば。

ユミラ夫人や使用人たちに対して毅然《きぜん》とした態度をとっていれば。

争いを避《さ》けたつもりが、逆に混乱を呼びよせてしまった。

その責任はマルグリットがとるべきだ。

けれど――。

こらえきれずに涙が落ちる。

心を殺して暮らしていたあの家へ戻ることが、今は怖くてたまらない。

マルグリットは知ってしまった。温かい食事と、安心して眠《ねむ》れる部屋と、想《おも》う人の顔を見る幸せを。

(ルシアン様と、離《はな》れたくない……‼)

だがその叫《さけ》びが言葉になることはなく。

「マルグリット、君は婚姻の解消を望むんだね？」

やわらかな口調でありながら冷酷《れいこく》ともいえるノエルの言葉に、マルグリットは涙を流しながら頷いた。

「はい……わたしは、ド・ブロイ家では大切にしていただきました。それだけは嘘《うそ》ではありません。ド・ブロイ家の皆様《みなさま》にご迷惑がかかることを、わたしは望みません」

ノエルはルシアンを見据《みす》える。その唇の端《はし》には微笑がのぼっている。

「彼女はこう言ってるよ。ルシアンも婚姻の解消に同意するかい？」

ノエルを睨《にら》みつけるように見据えたルシアンは、

「——するわけがないでしょう」

ひと息に、言い放った。

(え？)

驚《おどろ》きに顔をあげるマルグリットと、ルシアンの目があった。

底知れぬ海の色をたたえた瞳は怒《いか》りに燃えあがる。夜会のときのように。

すじが浮くほどに固く握《にぎ》ったこぶしが震えている。じっと怒りを耐え、それでもまだ御《ぎょ》しきれないほどの激情を彼は身の内に抱《かか》えている。

(も、ものすごく怒《おこ》っていらっしゃる……!!)

最初のうち、赤くなり視線を逸《そ》らすルシアンを、眉根《まゆね》を寄せ、顔をしかめるルシアンを、マルグリットは怒っているのだろうかと能天気に考えてきた。でもそれは間違《まちが》っていた。

これがルシアンの怒りなのだ。

悲しい気持ちを一瞬《いっしゅん》忘れ、マルグリットはぽかんとルシアンの顔を見つめてしまった。止まらなかった涙も引っ込んでいる。

夜会での顛末《てんまつ》を思い出したらしいイサベラもびくりと肩《かた》を震わせた。それでもすぐに自分の優位を思い出したのだろう、

「反省の態度もなくノエル様にそんな口をきくなんて、お姉様の厚意《こうい》を無駄《むだ》になさるおつもりですの?」

暗に罰が重くなるのだと仄《ほの》めかす。

ルシアンは怯《ひる》まなかった。

「貴様こそ何様のつもりだ? ド・ブロイ家はたしかに罪を犯《おか》した。王家からの処断があれば謹《つつし》んで受けよう、だが貴様は関係ない」

「な……っ」

イサベラが眉《まゆ》をつりあげる。

しかし自身の言葉どおり、ルシアンはすでにイサベラなど眼中になかった。真摯な眼差《まなざ》

しで彼が見つめるのはマルグリットのみ。

「君を手放す気はない」

「しかし、それでは――」

反論しようとしたマルグリットの視界は、揺《ゆ》れる瞳に遮《さえぎ》られた。

ルシアンの腕《うで》の中に抱《だ》きすくめられたと気づいたときには、唇は触《ふ》れあっていた。

「――!?」

呆然《ぼうぜん》としているうちにルシアンは身を離す。

マルグリットは口元を押さえた。まだルシアンの唇の感触《かんしょく》が残っている気がする。それに、抱きしめられた腕の力強さも。

「ルシアン……様……?」

「証人になってください、殿下《でんか》」

状況《じょうきょう》についていけないマルグリットの隣で、ルシアンはノエルへと挑《いど》む視線を向ける。

「俺はマルグリットを永遠《とわ》に愛すると誓《ちか》います」

紡がれたのは、婚礼《こんれい》の式の場でもされなかった、愛の誓い。

「待ってください！　これはわたしの家のこと、わたしの責任です。ルシアン様にご迷惑をかけるわけには――」

「マルグリット」

鋭《するど》く名を呼ばれ、びくりと身体《からだ》が震えた。

声色に滾《たぎ》るのは怒りだ。ルシアンを怒らせてしまった。だから――だから、責任は自分が負いたいと思うのに。

怒っているはずのルシアンは、マルグリットを抱きしめる。

「俺は君の夫だ。泣く妻をあんな家に帰せるか」

「ルシアン様……」

「それとも君は、俺が嫌《きら》いか？　この家が嫌いで、出ていきたいか」

突《つ》き放《はな》すような言葉がつらくてマルグリットは眉を寄せた。

我慢《がまん》しなければならないというのに、ふたたび目からは涙がこぼれ落ちる。

「離縁したいのなら、そうだと言え。だが俺は……君のことが好きなんだ」

「！」

「何度でも言う。俺は君を愛している。ともにいてくれ」

眉を寄せ、顔を赤らめ、唇を引き結んで。

真剣《しんけん》な、けれども愛を乞《こ》う表情で、ルシアンは告げる。

（――ああ、わたし、このお顔を何度も見てきたわ）

ようやくマルグリットにも実感できた。

ルシアンがやさしかった理由。マルグリットを大切に扱ってくれた理由。

（わたし、愛されていたんだわ）

涙はあふれて止まらなかった。

（ルシアン様は何度もわたしに寄り添おうとしてくださったのね。なのに、わたしはなんて馬鹿だったんだろう）

愛されなくてもいいと思っていたつもりだった。

嫌われたとしても、これまでの扱いに比べればよいと、自分を納得《なっとく》させていた。本心からだったはずのその言い訳は、いつのまにか自分の臆病《おくびょう》さを隠す盾《たて》になっていた。

育っていく気持ちに蓋《ふた》をして、見ないふりをして。

けれど心にかけていた鍵《かぎ》を、ルシアンが壊してくれた。

「わたしも……！　わたしも、ルシアン様といたいです」

あの家には、あの悲惨《ひさん》な生活には戻りたくない。

泣《な》き濡《ぬ》れるマルグリットの肩を抱き、ルシアンは涙を拭《ぬぐ》ってやった。

「……ノエル殿下。これが我々の偽《いつわ》りない姿です。どうか公平な判断を」

「つまり、ふたりは愛しあっていると」

「はい」

ノエルはあいかわらず笑みをたたえたまま、その内心はさぐることができない。

ルシアンはそんなノエルを睨みつけるように対峙《たいじ》した。瞳には、マルグリットを奪《うば》われるくらいならどこまでも戦うという決意が込《こ》められている。

――が。

「なんなのよ、また自分ばっかり悲劇ぶっちゃって……」

白けた声を出したのは、ノエルの隣に立つイサベラだった。ノエルの腕をとり、甘えるように顔を覗き込む。

「ノエル様。以前の夜会でもこのふたりは同じようなことを言っておりましたのよ。でもそんなの罰を逃《のが》れるための安っぽい芝居《しばい》にすぎませんわ」

「そうか、以前にも」

「ええ、俺の愛する妻とか言っちゃって――」

ぴたりとイサベラは言葉を止めた。

見上げるノエルは変わらぬ笑顔のように見えて、その目はぞっとするほどに冷たい。自分の見間違《みまちが》いではないのかと目を瞬かせてみても、背すじを駆《か》けのぼる悪寒《おかん》は止まらない。

「君は彼らのあいだに愛情があることを知っていた。知っていて、ド・ブロイ家の悪行をぼくに訴えてきた、と」

「あ……いえ、それは……」

イサベラは口元を押さえた。今さらに失言を悟《さと》るが、もう遅《おそ》く。

ルシアンとマルグリットの涙ながらの訴えは、彼女には退屈な芝居の序幕と同じ。むしろそれが終わってからの、ノエルが告げる彼らへの処罰《しょばつ》が本番だった。苛々《いらいら》と終わりを待つうちに、飽《あ》きっぽいイサベラは、自分が演じるべき役割すら忘れてしまったのだった。

ノエルはゆるやかに目を細めた。

「君は虚偽《きょぎ》の訴えをしたということになるね？　イサベラ嬢」

イサベラの表情が凍《こお》りついた。

これまで自分の訴えに口を差《さ》し挟《はさ》むことのなかったノエルに、イサベラは彼女自身を重ねた。ノエルだってマルグリットやルシアンが目障《めざわ》りなのだろうと思い込んだ。

「あ……あ、あたし……」

ノエルは笑顔を崩《くず》さない。だが、それはすでにイサベラを受け入れる親愛の情を表すものではなく、拒絶《きょぜつ》の壁《かべ》だった。

「ひ……っ」

イサベラの喉《のど》から潰《つぶ》れた悲鳴が迸《ほとばし》る。

ドレスが汚《よご》れるのもかまわず床《ゆか》に身を伏せ、イサベラはノエルの足元に縋《すが》った。

「申し訳ありません!!　あたし、あたし……本当にお姉様を心配していたんですの、あたしの代わりに嫁《とつ》いでいった姉を……罪悪感で、すべてが悪いように見えていたのですわ。姉とルシアン様が本当に愛しあっていたなんて知らなかったのです。反省します。だからどうか……！」

「イサベラ嬢」

ノエルの声は冷たかった。

イサベラの背すじにぞくりと寒気が走る。

「君の言うとおり、ぼくに嘘を重ねれば、それだけ罪は重くなるよ」

「……‼」

顔をあげることもできないまま、イサベラは最後通牒《つうちょう》のような言葉を聞いた。

「ルシアン様！」

イサベラの手が、ルシアンの靴《くつ》にのびる。

「おわかりでしょう？　あなただって最初は姉が憎《にく》かったはずです。敵なのですもの！　あたしが勘違《かんちが》いしても仕方がないと思いませんか」

（あなただって、だと……）

厚顔無恥《こうがんむち》な物言いに、ルシアンの身の内に怒りが滾る。

マルグリットに詰《なじ》られるのならば甘んじて受け入れよう。お前も妹と同類だったではないかと言われるのなら、ルシアンに言い返す権利はない。

「俺とお前を同列に語るな。その顔を踏《ふ》みつけてやりたくなる」

殺気すら滲《にじ》ませて自分を見下ろすルシアンに、イサベラは彼の怒りの深さを悟った。

「た、助けて、お姉様……っ‼」

もうこの場に縋れる相手はマルグリットしかいない。ぽろぽろと涙をこぼし、乱れた髪《かみ》が床に落ちるのもかまわず、イサベラは涙声《なみだごえ》で懇願《こんがん》する。

「お姉様、あたし、反省するわ。あたしが悪かったわ。だから許してちょうだい。ね？　お姉様が言ってくだされば、ノエル様もルシアン様もあたしを許してくださるわ……！」

「イサベラ……」

青ざめたマルグリットの目からも透明《とうめい》な雫《しずく》がこぼれ落ちた。

涙を拭うこともできず、マルグリットは呆然とイサベラを見つめる。あの高慢《こうまん》な妹が、いつでも自分の美しさを誇《ほこ》っていた妹が、憐《あわ》れな姿で床に額をこすりつけている。

（でも――自分のことばかりなのね）

イサベラの言葉には、マルグリットを傷つけたことに対する謝罪はひとつもない。ルシアンにもそうだ。あるのはひたすらの保身と憐れみを誘《さそ》う言葉ばかり。

「お姉様！　ねえ、お姉様……あたしたち、姉妹《しまい》でしょう……？」

スカートの裾《すそ》をつかまれ、マルグリットは身体をこわばらせた。

振り払《はら》うことのできない姉に、イサベラは期待に満ちた視線を向ける。ひきつった笑いが追《お》い詰められたイサベラの心情を示していた。

「お姉様……あたしを助けて……許すと言って」

（イサベラにはもう、わたししかいないのだわ。わたしが強く言わなかったせいで……わたしは幸せになってしまったのに、わたしのせいでイサベラは――）

突然、目の前が暗くなった。

イサベラの歪んだほほえみが隠される。そのまま背後に引き寄せられ、身体が大きなものに包まれた。

「もういい」

耳元で聞こえてきたのはルシアンの声。

マルグリットの視界を塞《ふさ》いだのは、ルシアンの手。

「もういい、もう見るな。もう聞くな。あの家のことは君になんの関係もないんだ」

（いえ――いえ、ルシアン様、イサベラはわたしの――）

「君はド・ブロイ家の――俺の妻だ、マルグリット」

ルシアンの腕に力がこもる。抵抗《ていこう》できずに抱き寄せられ、スカートにかかっていた重みは消えた。

「……結論が出たみたいだね。連れていけ」

「いやあああ……っ!!」

従者たちがイサベラを拘束《こうそく》し、マルグリットからひき離す。

「詳細《しょうさい》は後日あらためて。ご協力に感謝するよ」

「いえ。見送りもできず無礼をいたします」

「気にしないで。マルグリット殿を十分にいたわってあげてくれ」

すべては手際《てぎわ》よく進められたらしかった。上機嫌なノエルの声と、硬《かた》いルシアンの声が交《か》わされ、それきり部屋には静寂《せいじゃく》が訪《おとず》れた。

ようやくマルグリットが気持ちを落ち着け、ゆっくりとルシアンから離れたときには、ノエルも彼の従者も、そしてもちろんイサベラも、気配すらなくなっていた。

ルシアンの腕の中で、マルグリットは身じろぎをした。ノエルを見送りもせず、無礼を働いてしまった。彼の厚意によるものだから罰を受けたりはしないだろうが……。

ノエルはこのために動いていたのだと理解した今、申し訳のなさに身がすくむ。

(長らく、ノエル殿下にはご迷惑を……ド・ブロイ家でこんなことが起きたと聞いたら、お義父様《とうさま》とお義母様《かあ》もたいそう悲しまれるに違いないわ)

なにより、ルシアンがどんな顔をしているのだろうかと思うと怖くて顔をあげられない。

小さなため息が頭上から降ってきて、マルグリットは身をすくめた。

その俯《うつむ》いた頰を、ルシアンの両手が包み、顔をあげさせてしまう。

「またなにか自分のせいだと思っているな」

「え……?」

覗き込まれて、マルグリットは目を見開いた。

ルシアンは笑っていた。

安堵《あんど》に満ちたやさしいほほえみ。すべてが終わったとでも言うように。

「わたしのせいでしょう……？　ノエル殿下とド・ブロイ家の皆様に、大きなご迷惑を」

「君のせいではない」

はっきりと言い切られ、マルグリットは驚く。

そんな様子を見て、ルシアンは眉を寄せかけ——それが悪いのだと、慌《あわ》てて眉間《みけん》の皺《しわ》を戻した。

マルグリットが家じゅうの者から手酷《てひど》い扱いを受けていたころ。その境遇《きょうぐう》自体には、マルグリットは文句ひとつ言わなかった。むしろ相手の溜飲《りゅういん》をさげさせるべく健気《けなげ》に嫌《いや》がらせを受けていたのだ。敵対してきた家なのだから多少の軋轢《あつれき》が発生するのは仕方がないことなのだと言うマルグリットの言葉を、ルシアンも受け入れてしまった。だが、そう言うマルグリットは、いっさいの敵意をド・ブロイ家に向けなかった。

それは強さであっただろう。同時に、脆《もろ》さでもある。

「君は、周囲の悪感情をすべて引き受けようとする。そして理不尽《りふじん》に気づかない」

マルグリットを抱きしめるルシアンの腕に力がこもる。

「君のその考え方は改めるべきだ。今回のことは、君の妹がやったことで、君には関係がない。君は止めようとした。その手を振り払ったのは向こうだ」

（そうなのかしら……）

黙《だま》り込んでしまったマルグリットの頬に、ふたたび手が添えられた。顔をあげれば、ルシアンは切なげな表情を浮かべている。

「俺は君を愛している。君を幸せにするためならば、俺はなんでもする」

それは、甘いようでいて、深すぎる愛の言葉だ。実際にルシアンはノエルに意見した。ノエルが最初からこの場をおさめるつもりでなければ、ルシアンには罰がくだされていたかもしれないのだ。

「そんな、ルシアン様……！」

「君も同じはずだ。そう思ったから君も離縁を申し出たのだろう」

「だって、わたしの立場とルシアン様の立場では、失うものが……」

「君は俺のために幸せを失おうとした。なにが違う？」

そう言われてしまえば、マルグリットは言い返せない。

聡明《そうめい》な彼女にはルシアンの言わんとすることがわかっている。互《たが》いを想いあっている以上、相手の存在を尊重したいと思うことは当然だ。マルグリットを犠牲《ぎせい》にしてぬくぬくと安寧《あんねい》を手に入れたいと、ルシアンが思うわけがない。

自分だけが我慢すればすべてうまくいくというねじれた価値観は、クラヴェル家で植えつけられたもの。

「わたしは……幸せになってもよいのですか？」

失う恐怖《きょうふ》を、ずっと心の中に閉じ込めていたのだと思う。

手に入れた幸福を、必死になって守ることが、許されるのだろうか。

「ルシアン様のおそばにずっといたいと……我儘《わがまま》を言っても、よいのですか」

「そんなものは我儘ですらない」

ルシアンの唇が額に触れる。

そのまま、ルシアンは顔を俯け、マルグリットの肩にぽすんと落ちてくる。

「ニコラスにも言われた。俺はもっと自分のことを口に出すべきだと。……だから、できるだけ言おうと思う」

「……同じようなことを、シャロンにも言われました」

「そうか。では互いに気をつけることにしよう。……俺が君の気持ちを知りたいと思っていること、忘れないでくれるとありがたい」

「はい。わたしも……」

マルグリットの目に涙が滲む。あたたかな涙は流れる前にルシアンの指先によって拭われた。手を握りあい、額を触れあわせて、マルグリットは口元をほころばせた。

ド・ブロイ家は、マルグリットに感情を取り戻させた。そして幸せをくれた。

（やっぱり嫁いでよかった）

陽光の差し込む部屋を見まわそうと顔をあげて。

マルグリットは、ぴたりと固まった。

ルシアンとマルグリットがいるのはド・ブロイ家の応接間である。

すでにノエルたちは立ち去ったあとだが、当然、鍵などはかかっていなかった。ドアは、従者が閉め忘れていったのだろう、人が通れるほどに開いていた。

その隙間《すきま》から、アルヴァン、ユミラ、アンナ、リチャード、マロン、そのほか馴染《なじ》みの使用人たちが、ある者は心配そうに、ある者は安堵の表情を浮かべて、覗き込んでいたのであった。

「……!? ル、ルシアン様……!!」

「どうした？」

マルグリットが慌てた声をあげた。

その途端《とたん》、ドアは何事もなかったかのように、ぱたりと閉まった。


エミレンヌ王妃を前に、モーリス・クラヴェル伯爵《はくしゃく》は、笑み崩れるのを止めることができなかった。

イサベラが自信たっぷりに計画は順調なのだと告げたとき、彼は言いようのない不安に襲《おそ》われたのだが、しばらくして王家からは隣国と和平条約が結べたこと、クラヴェル家の働きに報いたいという意味の書状が届けられた。ここ数日姿を見せなかったイサベラも、宮殿《きゅうでん》に滞在《たいざい》して、モーリスを待っているのだという。

経営に不信感を覚えた役人たちから次々届く訴えの書類をひとまず忘れ、モーリスは浮かれながら宮殿へと赴《おもむ》いた。

豪奢《ごうしゃ》な部屋に通された彼を待っていたのは今を時めくエミレンヌ王妃。ノエルもエミレンヌの背後に控えていたが、モーリスは気にも留めなかった。

組んだ両手に顎《あご》をのせた砕《くだ》けた姿勢で、エミレンヌは笑顔を見せた。

「なぜ呼ばれたか、おわかりかな、伯爵殿《はくしゃくどの》」

あいかわらず仰々《ぎょうぎょう》しい言葉遣《ことばづか》いだと内心で思いながら、モーリスは首をかしげる仕草をした。

「はてさて……お褒《ほ》めの言葉はお手紙にて頂戴《ちょうだい》いたしましたが、家臣の当然の務めでありますれば、このような僥倖《ぎょうこう》に与《あずか》る理由はわたくしにはとんと……」

とぼけ顔を作りながらも、腹の底では宮殿へ来るまでの道のりで何度も妄想《もうそう》した報奨《ほうしょう》を指折り数えている。

（和平を成功させた褒美《ほうび》は金か領地か……領地が増えれば爵位《しゃくい》を賜《たまわ》るかもしれぬ。マルグリットも取り戻せよう。それにしてもイサベラはいつのまに王家に深く取り入っていたのやら。やはり美しいイサベラを残したのは正解だった。もしや王家との婚姻も……）

ゆるむ頬を引きしめようと無駄な努力をしつつ、モーリスは次の言葉を待った。

王妃の笑顔は変わらない。褒美を口に出そうともせず、じっとモーリスを見つめたままだ。ノエルも彫像《ちょうぞう》のようにほほえんだまま、直立している。

その眼差しの中に冷たいものを感じたような気がしてモーリスは目を瞬かせた。

「うちのイサベラが、宮殿へ滞在させていただいているとか……」

沈黙《ちんもく》に耐えきれず、モーリスは別の話題を探した。

彼にとってみればよろこばしい、光栄な話題を。

「そう、そのことなのだよ。今日伯爵殿を呼んだのは。実はここにいるノエルがイサベラ嬢と親しくしていてね」

エミレンヌの頷きに、モーリスの顔に血色が戻ってくる。

（第三王子との婚姻！　持参金に、爵位もだ！）

「ノエルはね、イサベラ嬢の姉を想う気持ちに感銘《かんめい》を受けたと言っていてね。イサベラ嬢からは、姉がド・ブロイ家で除《の》け者《もの》にされ、使用人のような扱いを受けている——実家に戻してやってほしいと、再三にわたって訴えがあった」

先ほど感じた不吉《ふきつ》な直感のことなどすっかり忘れ、モーリスは幸せな結末を確信した。

イサベラは王家とのつながりを確保し、そのうえマルグリットもクラヴェル家に戻ってくるに違いない。

何度も首を上下させ、モーリスは哀れっぽい声を作った。

「はい、はい、それはもう。あのような家に嫁がせるのは断腸の思いでございました。けれども王家のため、国の役に立つならと——」

「だがそれらはすべて虚偽の申告《しんこく》だったのだ」

「……はい？」

自身の言い分を遮るエミレンヌの言葉が理解できずに、モーリスは笑顔をこわばらせた。

「マルグリットからは、ド・ブロイ家は自分を大切に扱ってくれたのだと反論が出てな。ノエルが調べたところ、どうも彼女の言うことが真実らしい。マルグリットは十分な待遇を与《あた》えられ、ルシアンとも心を通じあわせていた」

エミレンヌはまだ笑っている。だがその笑顔が作りものにすぎないことを、モーリスは理解し始めていた。

「イサベラ嬢は、王家に虚偽の上申《じょうしん》を行い、罪もない人間を陥《おとし》いれようとしたことになる。これは国政に叛《そむ》く行為《こうい》だ」

土気色に変わってゆくモーリスの顔を覗き込み、エミレンヌは笑顔を消した。

あとに残るのは射貫《いぬ》くように鋭い眼差しだけ。

「取り調べのため、イサベラ嬢には宮殿に滞在してもらっていた。彼女は自分の行為を認めたが、すべて父の命令だったと主張している」

「ありえません‼」

悲鳴のような声をあげ、モーリスは椅子《いす》を蹴《け》り倒《たお》して立ちあがった。動転しているとはいえ王妃に対してあまりにも無礼な態度に、ノエルは眉をひそめる。

「イサベラには昔から手を焼かされてきました！　あの子は嘘ばかりつき、マルグリットを陥れるようなことをくりかえし……昔からそうだったのです。自分の罪を人になすりつけて……」

「では、イサベラ嬢の所業を、モーリス殿《どの》は関知されていなかったと？」

表情を戻し、ノエルは穏《おだ》やかな声で語りかける。エミレンヌは扇《おうぎ》で表情を隠した。ノエルがやさしく、柔《やわ》らかな口調になっているときほど、彼の怒りは強いのだ。

「はい！　然様《さよう》です。イサベラはなにも言いませんでした。ノエル殿下とお会いしていることも、今日初めて知ったくらいで……」

ノエルの言葉に、モーリスは必死で頷いた。自らに降りかかりつつある火の粉を払わねばならない、彼の頭の中はそれでいっぱいだった。イサベラを野放しにしていたのが自分であることを忘れ、身の潔白を言い立てる。

「そうですか。わかりました」

ノエルはにっこりと笑った。

「跡継《あとつ》ぎであるはずのイサベラ嬢の教育不足、無礼な態度、遵法《じゅんぽう》意識の欠如《けつじょ》——それらはすべて、モーリス殿の監督《かんとく》不行き届きのゆえということですね」

「あ……」

ぽかんと口を開け、モーリスはノエルを見つめた。

マルグリットが嫁ぐまで、家のことはモーリスとマルグリットが分担していた。難しいことはマルグリットに押しつけ、モーリスはただイサベラをかわいがっていればよかった。

ド・ブロイ家との縁談《えんだん》が持ちあがりさえしなければ、マルグリットを家においたまま、その安泰《あんたい》が続くはずだった。

ド・ブロイ家とクラヴェル家に縁談を命じたのは誰《だれ》だ？

——エミレンヌ王妃だ。

その王妃は、扇の向こうから目だけを細めてモーリスを見つめている。

「あなたとイサベラ嬢は、親子であり、伯爵と次期伯爵なのですよ。その自覚のない者に伯爵位は預けられません。そうですね、王妃陛下」

「ええ、そうね」

「身内から犯罪者を出しておいて、知らぬ存ぜぬが通るわけはないでしょう」

ノエルの脳裏《のうり》に、ルシアンとマルグリットの姿がよぎる。ド・ブロイ家を守るため、泣きながら離縁を申し出たマルグリット。その彼女を守るため、堂々と身の潔白を訴えたルシアン。彼らに比べれば、いまだに泣き喚《わめ》いているイサベラやこのモーリスは、なんと身勝手なことか。

蒼白《そうはく》になったモーリスを見据えるノエルは、もう笑ってはいなかった。

エミレンヌが小さなため息をつく。彼女の脳裏にはシンシア・クラヴェル――マルグリットやイサベラの母の屈託《くったく》のない笑顔が浮かんでいた。

「シンシアを喪《うしな》って、あなたたちの心労が大きかったのはわかるわよ。彼女は非の打ちどころのない人物でしたもの。あなたにもイサベラにも、自分と向きあう時間が必要ね」

亡《な》き妻の名を出され、モーリスはくしゃりと顔を歪ませると、力尽《ちからつ》きたように床に座り込んだ。


クラヴェル家への処置がマルグリットに知らされたのは、翌週のことだった。

ノエルがド・ブロイ家を訪れるのは三度目になる。今回はお忍《しの》びではなく正式な礼服をまとい、迎えるルシアンとマルグリットも正装である。これには理由があった。

王家に対し虚偽の申告をした罪、ド・ブロイ家とクラヴェル家の決裂《けつれつ》を誘い、国政を混乱させようとした罪で、イサベラは伯爵位の継承権を剝奪《はくだつ》され、それに伴《ともな》い貴族籍《せき》も抹《まっ》消《しょう》されて修道院へ送られた。

「シスターたちはやさしいから、何年かかっても根気よく彼女の更生《こうせい》につきあってくれるだろう、と。これはエミレンヌ王妃からの伝言です」

それは、真《まこと》に改心しない限り、イサベラが外の土を踏むことはないということだ。

モーリス・クラヴェルは、イサベラの監督不行き届きを理由に同じく伯爵位を退けられた。王都からは追放となり、二度と足を踏み入れることはできない。領地へ帰れば生活に困らない程度の仕事にはありつけるはずだ。しかしマルグリットの嫁いだあと経営が悪化の一途《いっと》を辿《たど》った原因である彼をクラヴェル領の民《たみ》たちが許すかは、彼の謝罪次第《しだい》だろう。

「というわけで、クラヴェル伯爵家は継承権を持つ者がいなくなってしまってね。ただ、隣国との友好に一役買った勲功《くんこう》の家を失うのも忍びないということで、今回は特別な取り計らいをすることにしたよ」

緊張を面に表すマルグリットへ、一枚の紙が渡《わた》される。

羊皮紙に金の飾《かざ》りを施《ほどこ》し、王家の紋章《もんしょう》の捺《お》された書状。

「マルグリット・クラヴェル・ド・ブロイの名乗りを許し、君にクラヴェル伯爵位およびクラヴェル領主の地位を預ける」

「勿体ないお心遣《こころづか》い、誠《まこと》にありがとうございます。王家に忠誠を誓い、いっそうお役に立てるよう努めます」

腰《こし》を深く折り、両手で捧《ささ》げ持つようにしてマルグリットは書状を受けとった。

「父や妹にも……ご配慮《はいりょ》を、ありがとうございます」

ノエルはにこりと笑うと、今度はルシアンに向きあった。

「それから、ルシアン・ド・ブロイ。君をド・ブロイ公爵として認める」

「ありがたき幸せにございます。私もマルグリットと協力し、王家の力となることをお約束いたします」

ルシアンも頭をさげる。

「今日は内示だ。正式な宣誓《せんせい》はまた両陛下とともに宮殿で」

「はい」

「そうそう、領地付きの公爵位と伯爵位はできるだけ別の人間に継がせてほしい、との母上のお言葉でね」

領地が大きくなりすぎればそれもまた王家への脅威になる。今回のことはあくまで特例なのだ。

「……まあ、なんとかなるよね」

「？」

「……」

首をかしげるマルグリットに、苦虫を噛み潰したような顔で真っ赤になるルシアン。

ノエルはルシアンの肩を軽く叩《たた》いた。

「期待してるよ。隣国とは条約を結んだとはいえずっと緊張状態を続けてきた。国境沿いの領主が名実ともに夫婦《ふうふ》となれば向こうへの圧力にもなるし、公《おおやけ》の場でも思う存分イチャついてくれていいから」

「……婚姻を解消してもよいと言ったのは嘘だったのですね」

まだ顔を赤くしたままのルシアンがため息をつくと、ノエルは悪びれた様子もなく肩をすくめた。

「そりゃあね。いま解消されたらただのパフォーマンスだったと隣国に知られてしまう」

「荒療治《あらりょうじ》……と言いたいところなのでしょうが、マルグリットを傷つけたこと、しばらく忘れませんのでそのおつもりで」

「ル、ルシアン様！」

不遜《ふそん》な物言いに慌てるマルグリットの肩を抱き寄せ、ルシアンはノエルを見つめた。

「わかっているよ。許してもらえるまで便宜《べんぎ》は図《はか》る」

「本当に婚姻を解消すると言ったらどうするつもりだったのですか」

マルグリットが「離縁してください」と言い出したとき。

ルシアンがマルグリットを愛していなかったら。渡りに船だと、離縁していたら。

もしくは、マルグリットの意思を尊重するつもりで、その要求を受け入れていたら。

賭《か》けるには勝算の低い状況だったように、ルシアンには思えるのだが。

「……君がマルグリット殿を手放せるわけがないんだよ」

くすくすと笑われて、マルグリットは頬を赤らめる。あいかわらず、自分を価値の高いもののように扱われることには慣れていない。

（まったく……この方はどこまでお見通しなのか）

それ以上なにも言えなくなったルシアンとマルグリットを残し、

「じゃあまた、宮殿でね」

ノエルはいつもの食えない笑みを浮かべて、戻っていってしまった。


正装を解き、くつろいだ格好に戻ったルシアンのもとへ、マルグリットがやってきた。

ルシアンは眉を寄せてソファに沈《しず》んでいる。これまでのマルグリットなら、自分に怒っているのだろうかと考えてしまったところだ。

だが、シャロンから言われたとおり、自分が想像していたルシアンの気持ちは間違っていた。本当のところはルシアンに尋《たず》ねてみなければわからない。

「お疲《つか》れですか、ルシアン様」

「問題ない」

隣に座ったマルグリットを見上げ、ルシアンは無表情に答えた。

と、ここでルシアンも、ニコラスの助言を思い出す。言葉を増やせ、主語を自分にしろ、とニコラスは言っていた。思ったことを素直《すなお》に行動に移せとも。

「疲れてはいる。だが休暇《きゅうか》をとる目途《めど》はついている。そのときに休むから問題ない。……今のは、考え事をしていただけだ」

「そうなのですね」

「マルグリット」

身を起こしたルシアンがマルグリットを抱きよせる。

「こうしてると落ち着く」

「そ、そうなのですね」

顔を赤らめて身を縮めながらも、マルグリットも抵抗はしない。

（本当に、わたしといることがルシアン様にとってよろこばしいことなのね……）

ルシアンは態度で示してくれているのだ。それだけでマルグリットはふわふわと夢見心地《ゆめみごこち》になってしまう。

（真剣な表情でなにを考えていらっしゃるのかしら……？）

間近で見るルシアンは艶《つや》やかな黒髪《くろかみ》を窓から入る春風にそよがせながら、鋭い視線を宙に向けている。その視線が自分へ向けられるとき、冷たくも感じられる印象は拭い去られ、やさしく細められた目の奥には疑いようのない愛情が宿る。

見つめ返すのは、まだ慣れない。

しばらく考え事を続けていたルシアンは、区切りがついたのか、マルグリットから離れてしまう。

ふたりのあいだにできた距離《きょり》を寂《さび》しいと思う間もなく、

「宮殿に呼ばれるのは来週だろう。それまでには内部の書類も片付いている。俺も君も領地の資料には目を通したな。父上と母上にはもうしばらく王都にいていただくようお願いしてある」

ひと息に言ってから、ルシアンはほほえみ、手をさしだした。

「国王陛下への謁見《えっけん》を終えたら、ド・ブロイ領へ行こう。海を見に。それから、クラヴェル領も紹介《しょうかい》してくれ」

「……はい！」

考え事の内容は、自分のことだったらしい。

マルグリットは顔を輝かせ、ルシアンの手をとった。

エピローグ✦憧れの光景

ド・ブロイ領の屋敷《やしき》は小高いところにあった。なるべく外を見るなと言《い》い渡《わた》されていたマルグリットは言いつけどおり馬車の窓を覗《のぞ》かず、屋敷についたときにも下を向いていた。

「目を閉じていろ」

ルシアンの声は悪戯《いたずら》をする子どものように弾《はず》んでいる、とマルグリットは思った。

目を閉じたまま手を引かれ、ある一室へと招き入れられる。

カーテンの開く音。

風に乗って流れてくる潮の香りが、マルグリットの期待をかき立てる。

「もう目を開けていいぞ」

笑いを含《ふく》んだルシアンの声に、目を開き――。

「まあ……!!」

見渡《みわた》す限りの海原《うなばら》に、マルグリットは感嘆《かんたん》の声をあげた。

バルコニーのあるその部屋は、小さな浜辺《はまべ》へとつながっていて、階段の前にはマルグリットのためのサンダルも用意されている。

「行ってもいいのですか？」

「ああ。水に触《さわ》りたいだろう」

はしたないと気にする暇《ひま》もなく、マルグリットはスカートの裾《すそ》をつまむと砂浜《すなはま》を歩いてゆく。装飾《そうしょく》の少ないシンプルなドレスはこのためだったようだ。

サンダルから入り込むさらさらの砂がくすぐったくて気持ちがいい。

宝石を敷《し》き詰《つ》めたように煌《きら》めく海の色は、しばらくゆくと深くなるようで、空の青と見分けがつかなくなる。

「これが、海……」

視界を遮《さえぎ》るものはなにもない。あるのは海と空だけ。目を閉じて腕《うで》を広げると、潮風が身体《からだ》を吹《ふ》き抜《ぬ》けていった。波音にあわせて心が洗われていくようだ。

自分はなんてちっぽけなのだろうとマルグリットは思った。

「！　見てください、小魚が！」

目を開けた途端《とたん》、波間に赤や黄の背を見つけ、マルグリットはルシアンをふりむく。

「餌《えさ》もあるぞ」

ルシアンが合図すると、アンナが小箱を持って現れた。

ぱっと撒《ま》けばすぐに魚たちが集まってくる。その中の一匹《ぴき》に触《ふ》れようと、マルグリットは手をのばし、

「いたっ⁉　指を噛《か》みました！」

「ああ、餌と間違《まちが》えられたのだろう。どれ」

驚《おどろ》いてひっこめた手をルシアンにとられたかと思えば、そのまま指先を口に含まれる。

「ルルルルシアン様⁉」

「血は出ていない。大事にならなくてよかった」

「……なんだか、変わりましたね……？」

「思ったことを素直《すなお》に行動に移すとこうなるらしいな」

互《たが》いの気持ちを確認《かくにん》しあい、晴れて両想《りょうおも》いとなってからというもの、ルシアンとの距離《きょり》は驚くほど縮んだ。というか、縮められた。正直に言えばこうして触れあうことにはまだ慣れていない。

まるで今にも壊《こわ》れてしまいそうなもののように、ルシアンはマルグリットを扱《あつか》うから。

「これなら大丈夫《だいじょうぶ》そうだ」

「？」

首をかしげるマルグリットに、ルシアンはふと笑うと、ポケットから小箱をとりだした。

「本当は明日渡すつもりだったのだがな。薬指をかじられでもしたら大変だ」

「これは……」

小箱に収められていたのは、そろいの指輪。派手な装飾こそないが、波のようなデザインが澄《す》んだ青サファイアを引き立てている。

「最初の結婚式《けっこんしき》があぁだったから……渡しそびれていた」

動けずにいるマルグリットの薬指へ、ルシアンは指輪をはめた。

王家からの列席者を得、正式な宣誓《せんせい》を行ったために、婚礼《こんれい》の式自体をやり直すことはできない。だが、あのときに省かれた愛の誓《ちか》いは、先日ノエルの前でなされた。あとは指輪だけだと考えたら、いてもたってもいられなくなってしまったのだ。

(まさか俺がこんなものを望むとはな……)

妻とふたりで、証《あかし》を持っていたいなどと。

自分の変わりようにはルシアン自身も驚いている。幸せだと思える日が来るなんて考えたこともなかった。

それも、相手がマルグリットであったからこそ。

「さあ」

マルグリットの手のひらにも指輪が落とされる。

震《ふる》える手でそれを捧《ささ》げ持ち、顔をあげれば、ルシアンが目を細めてほほえんでいる。

近ごろのルシアンはよく笑うようになった。ルシアンはこうして、ことあるごとにマルグリットへの愛情を示してくれる。それこそ不安になる暇がないほどに。

おそるおそるとルシアンの薬指に指輪を通しながら、ルシアンの左手を支える自分の手

にも同じ指輪が光っているのを見て、マルグリットは頰《ほお》を赤らめた。

(幸せだわ)

半年前には思ってもみなかった幸福だ。

だがもう、怖《こわ》いとは思わない。自分にふさわしくないとも思わない。ルシアンのおかげで、マルグリットは少しずつ我儘《わがまま》も言えるようになった。

マルグリットの手をとり、ルシアンは指先に口づける。

「明日は船を出して、海を見ながら食事をしよう。運がよければクジラもいる」

穏《おだ》やかな波は遠く水面《みなも》を輝《かがや》かせ、その言葉を肯定《こうてい》しているようだ。

「素敵《すてき》な日になりますね。……ルシアン様」

ルシアンに身を寄せ、マルグリットはほほえみを浮《う》かべる。

「ずっといっしょにいてくださいね」

「当然だ。──君は俺の妻なのだから。マルグリット」

まるで蕩《とろ》けるような笑顔《えがお》だ、とマルグリットは思った。ルシアンの手がマルグリットの頰に添《そ》えられる。

目を閉じるのと同時に、柔《やわ》らかな感触《かんしょく》が唇《くちびる》に降ってきた。

完

あとがき

こんにちは、杓子《しゃくし》ねこと申します。

このたびは『政略結婚《けっこん》の夫に「愛さなくて結構です」と宣言したら溺愛《できあい》が始まりました』を手にとっていただきありがとうございます。

嫁《とつ》ぎ先で無自覚に暴れまわるマルグリットと、そんなマルグリットにふりまわされながら惹《ひ》かれてしまうルシアンは書いていて楽しくて、勢いよく書けた作品です。読んでくださった皆様《みなさま》にも楽しさ&キュンが伝わっていたら嬉《うれ》しいです！　やはり結婚から始まってドキドキターンがそのあとにくる手順すっとばしラブストーリーは……いい……！

愛が重いほうが挙動不審《ふしん》になるという筆癖《ぐせ》（？）から私が書くヒーローはだいたいヘタレる呪《のろ》いがかかっているのですが、ルシアンは中盤《ちゅうばん》でヘタレたおかげで終盤《しゅうばん》はかっこよくなれている気がしますがどうでしょうか。

ルシアンも自分の気持ちをあまり表に出してこなかった人物なので、出していいんだ！と学んだらマルグリットが赤面するくらい素直《すなお》に出してくるはず。エピローグのあともしばらくマルグリットをドキドキさせていくんじゃないかな⁉ と期待しています。

素敵《すてき》なイラストはNiKrome先生です。キャラデザをいただいてから、作業が詰《つ》まるたびに見返して「やるぞー!」と気合を入れていました。

作者の脳内イメージ以上にかわいらしいマルグリット&かっこいいルシアンを描《か》いてくださり、本当にありがとうございました‼

的確な修正提案で小説をよりよいものにしてくださり、イラストも細部までこだわってくださった担当編集様にもたくさんの感謝を!

そして最後に、この作品を読み、応援《おうえん》してくださった読者の皆様に御礼申《おんれいもう》し上《あ》げます。

本作はコミカライズも企画《きかく》進行中ですので、お見かけの際にはぜひご覧くださいませ。元気いっぱいのマルグリットとルシアンの困惑《こんわく》が漫画《まんが》で……っ!

では、またどこかでお会いできることを祈《いの》りつつ。

二〇二三年三月　杓子ねこ

■ご意見、ご感想をお寄せください。
《ファンレターの宛先》
〒102-8177 東京都千代田区富士見2-13-3
株式会社KADOKAWA ビーズログ文庫編集部
杓子ねこ 先生・NiKrome 先生

●お問い合わせ
https://www.kadokawa.co.jp/（「お問い合わせ」へお進みください）
※内容によっては、お答えできない場合があります。
※サポートは日本国内のみとさせていただきます。
※Japanese text only

ビーズログ文庫

政略結婚《せいりゃくけっこん》の夫《おっと》に「愛《あい》さなくて結構《けっこう》です」と宣言《せんげん》したら溺愛《できあい》が始《はじ》まりました

杓子《しゃくし》ねこ

2023年4月15日 初版発行

発行者 山下直久
発行 株式会社 KADOKAWA
〒102-8177 東京都千代田区富士見2-13-3
（ナビダイヤル）0570-002-301
デザイン 世古口敦志＋前川絵莉子（coil）
印刷所 凸版印刷株式会社
製本所 凸版印刷株式会社

ISBN978-4-04-737490-4 C0193

定価はカバーに表示してあります。
◇◇◇

ビーズログ文庫
小動物系令嬢は
氷の王子に
溺愛される
王太子妃も小動物扱いもお断り!
なのに殿下の溺愛は加速中!?
①～⑥巻、好評発売中!
翡翠《ひすい》
イラスト／亜尾《あお》あぐ
試し読みは
ここを
チェック★
“氷の王子”ことウィリアム殿下の婚約者に選ばれた伯爵令嬢リリアーナ。って、王太子妃なんてお断りです!! 何が何でも婚約解消するぞと策を講じるけれど、小動物を愛でるような殿下の甘々っぷりが強敵すぎて…!?